Pour suivre l'auteur et la sortie des prochains romans :

www.magaliguyot.com

MagaliGuyot.auteur sur Facebook

Couverture réalisée par Martine Provost Créations

© 2020, Magali Guyot

Édition : BoD · Books on Demand, 31 avenue Saint-Rémy, 57600 Forbach, bod@bod.fr
Impression : Libri Plureos GmbH, Friedensallee 273, 22763 Hamburg (Allemagne)
ISBN : 978-2-3222-0546-2

Dépôt légal : Mars 2020

*« Si la région et ses légendes sont bien réelles, les personnages et les situations de ce récit sont **purement** fictifs. **Toute** ressemblance avec **des personnes** ou des situations existantes ou ayant **existé** ne saurait être que **fortuite**. »*

« *À ma région, ma Terre des Lions…* »

Les vignes ardentes

Magali Guyot

PROLOGUE

14 février 1987

Un reniflement de plus. Un sanglot incontrôlé secoua d'un spasme le corps de l'enfant.

— Maman...

Les pieds nus traînant sur le sol, sa mère, Élise, traversa la maison. Les yeux dans le vide et récitant des versets inconnus aux oreilles de la petite fille terrorisée qui l'observait, elle ignorait les suppliques. Un cri parvint à leurs oreilles. Une autre voix juvénile se fit entendre, accompagnée de coups portés par son propriétaire derrière la porte et les volets. Le vacarme sembla bloquer la femme perturbée et des larmes embuèrent son regard jusqu'alors impassible. Un court instant de lucidité lui fit balayer l'endroit de ses yeux, cherchant à se souvenir de ce qu'elle faisait là, de ce qu'elle s'apprêtait à faire. Des larmes glissèrent sur le passage des photos de famille, des photos de vacances, disposées bien alignées sur le meuble voisin.

— C'est pas ma faute... sanglota alors la petite tandis que le vacarme extérieur s'amplifiait.

Élise sursauta, comme réveillée brusquement. Elle ouvrit le bidon qu'elle tenait dans les mains et en déversa le contenu sur tout ce qui l'entourait, y compris l'enfant attaché au pied de fer de son lit.

Le bruit à la porte s'arrêta puis reprit de plus belle. De petits pas précipités firent le tour de la demeure, tentant diverses percées par tous les accès possibles.

— Chut, finit-elle par murmurer, d'une façon beaucoup trop basse pour que qui que ce soit d'autre qu'elle ne l'entende. « Vous le ferez passer par le feu pour le rendre pur… »

La phrase scandée froidement fut la dernière prononcée par Élise. Elle ferma les yeux et respira à gorge déployée. Sa volonté était de s'imprégner le plus rapidement, mais calmement possible de ce qui émanait désormais du lieu où elle se trouvait.

Les structures de bois qui faisaient la maison s'enflammèrent en quelques minutes à peine, devançant la progression de la fumée au travers des pièces. La nuit sans étoiles s'illumina de l'impressionnant brasier. Les meubles de chêne massif perdirent de leur superbe en moins de temps qu'il avait fallu pour les concevoir. Le vernis craqua et les jouets étalés sur le sol fondirent, déformant les sourires figés des poupées, pliant les murs de la petite ferme en carton abritant une multitude de minuscules animaux en plastique. Les liens maintenant les tableaux de paysages apaisants lâchèrent ; les cadres vitrés se brisèrent au contact violent du sol. Les centaines de morceaux de verre semblaient refléter le drame à outrance. Des hurlements d'enfants résonnèrent dans les bois alentour avant de s'éteindre bien avant la lumière, bien avant l'arrivée des secours. La maison isolée du reste du monde, invisible de la route, rejetait une fureur jusqu'aux cieux, désormais visible à des kilomètres à la ronde. Il y avait un chalet, ici, bien connu de tous, malgré son éloignement du reste de la ville, du reste de la communauté. Un chalet dont tout le monde présumait le bonheur et la quiétude. Un chalet qui ferait la une du journal dès le lendemain matin devant la stupéfaction et l'incompréhension de tous les gens se vantant de connaître la famille sans histoire qui y habitait.

❖

30 ans plus tard, Bué, Région Centre

Derrière le panneau d'entrée de ville, le soleil était plus éblouissant que jamais. Les fleurs apportaient mille couleurs aux fenêtres des maisons, aux entrées de caves de vignerons. Un peu de mouvement se laissait deviner au bistrot de la place principale. Un groupe de jeunes hommes fêtant visiblement un enterrement de vie de garçon sortit, hilare, et traversa la rue, alpaguant les gens attendant devant chez le boucher.

— Oups. Quelqu'un a dû oublier d'éteindre sa cheminée ! rit l'un d'eux en faisant de grands gestes derrière la petite troupe.

Un immense nuage noir s'approchait de leurs cieux, laissant présager un foyer dangereusement près de la ville.

Les flammes se répandaient à une vitesse effrayante. La chaleur des journées précédentes et la sécheresse du sol accéléraient le rythme du tueur rouge et jaune. Les champs vallonnés alentour laissaient le nuage sombre les recouvrir, s'attirant les regards des promeneurs et automobilistes pourtant distants de quelques kilomètres. Un homme regardait, les yeux embués de larmes retenues, ses vignes mourir, transformées en brasier géant. Ironiquement, à peine un mois plus tôt, les ouvriers viticoles s'étaient mobilisés pour maintenir la chaleur entre les rangs du précieux nectar, tentant de le protéger du gel menaçant de détruire les récoltes. Les caprices du temps paraissaient désormais dérisoires et lointains. Les pompiers, arrivés en nombre, tentaient tant bien que mal d'encercler l'ennemi, le faisant tantôt reculer, tantôt provoquer. Le terrible théâtre se découvrant sous l'eau des lances laissait peu de doute sur l'état du sol et les yeux du propriétaire séchèrent, sous le choc. Les yeux vides, le souffle court, presque inexistant, fixaient le paysage monstrueux, vestiges d'une partie de son travail. Le paysage semblait s'éclaircir peu à peu sans que qui que ce soit jusqu'alors ait compris l'origine du foyer.

Solène, fraîchement pompier volontaire, observa, défaite, le tapis de cendre sur lequel elle avançait peu à peu. Dans l'épais brouillard ambiant, elle ne savait plus trop à quel point elle avait progressé, à quelle distance se trouvait le coéquipier ayant attaqué le côté opposé. Les voix de ses collègues lui parvenaient de mille endroits à la fois. Des heures passèrent, assombrissant le moindre épi sur de plus en plus d'hectares. C'était le troisième incendie en peu de temps. La jeune femme avait l'impression qu'un feu maîtrisé à un endroit annonçait automatiquement l'enclenchement d'un autre.

L'adrénaline du moment n'étouffait en rien le malaise provoqué par la chaleur du temps combinée à celle des flammes. Les gouttes perlaient sur son front et l'odeur de plus en plus forte, de plus en plus pestilentielle la forçait à retenir sa respiration. Elle avait fini par intégrer les vapeurs d'une culture brûlée et, à ce moment, elle jurait qu'autre chose de plus nauséabond se mêlait à l'atmosphère. Une ombre imposante se laissa deviner devant elle. Si, de loin, elle avait cru reconnaître une silhouette, à l'approche, la grandeur suggérait un arbre ayant miraculeusement tenu le choc. Quelques pas de plus suffirent à couper sa respiration pourtant saccadée quelques secondes plus tôt sous l'effet de l'adrénaline. Une sensation étrange de froid s'insinua dans son crâne, contrastant avec la chaleur intense presque insupportable deux secondes plus tôt. Un corps. Un corps comme soudé à un tronc et juché sur un immense bûcher. Une voix lointaine hurla le prénom de la jeune novice, cherchant à la localiser, cherchant à se rassurer sur sa progression. La lance, tenant entre ses doigts pétrifiés, bougeait d'être tirée par celui qui la suivait.

— Solène ! Bordel, tu réponds quand on t'appelle !

Secouée par l'homme inquiet, elle força le seul geste lui paraissant facile sur l'instant ; le seul dont elle se sentait capable et qui la dispensait de mots qu'elle aurait été incapable de choisir. Son bras se leva péniblement et son index se pointa sur la scène devant eux.

— Oh bon sang…

Figé à son tour, il ne put détacher son regard du funeste spectacle. L'eau des lances à proximité se rapprocha. Les jets puissants s'entrecroisèrent, coulant sur la carcasse depuis longtemps dénuée de chair, un squelette putréfié, les bras tendus au-dessus de la tête, les genoux pliés, harassés sous le poids mort. Aucun morceau de tissu et aucune partie de l'être n'avaient échappé à la fureur cruelle des flammes. La mâchoire apparaissait déformée par un vain hurlement de terreur, un appel au secours. Les soldats du feu encerclèrent bientôt la source de tous les maux aussi muets les uns que les autres devant la découverte. Les autorités présentes aux abords de la route, aux côtés des camions, attendaient un retour de la fin du combat dans le meilleur des cas, dans le pire celui d'un gros avancement sur le carnage.

— Sûrement encore un bouffon qui a jeté son mégot par la fenêtre de sa voiture.

1

Lundi 29 mai, dans le train en direction de Bourges

— Direction « Plouque city » !

La phrase résonna un peu plus fort que Sébastien ne l'aurait souhaité. Mais le compartiment du train étant presque vide, il ne se souciait guère des répercussions. Cinq minutes à peine étaient passées depuis le départ de la gare et la seule présence de vie se tenait dans un reniflement régulier quatre ou cinq rangées plus loin. Derrière son haut dossier, la personne « enfoncée » dans son siège bien avant que Sébastien arrive n'avait manifestement pas envie d'être dérangée.

— Alors… heureux ? demanda la voix dans le kit mains libres collé à l'oreille de l'homme blasé.

— Trois cents habitants… dont la moitié sont sûrement des bovins ! À ton avis, le bétail fait partie de la population recensée ?! Un lieu sûrement paradisiaque avec trois commerces à proximité à condition de se taper quatre heures de voiture pour y aller et de ne pas être trop exigeant. Mais je vais me consoler avec le logement qu'on va me fournir… un truc avec chiottes au bout du palier sera toujours plus luxueux qu'une fermette avec cabane au fond du jardin et lavoir à proximité. Avec la chance que j'ai, la seule animation du coin sera le bal du village, à condition d'être le bon samedi du mois et de ne pas trop attendre de la conversation ! Les enquêtes les plus motivantes se résument sûrement à : « Mon dieu, ma poule a disparu ! » ou « Mon chat est en haut de l'arbre, sauvez-le ! »

— Tu es une vraie « chialeuse » ! C'est toi qui as voulu ce déplacement ! Le pourquoi me dépasse encore cependant ! Qu'est-ce qu'il t'a pris bon sang !?

— C'est censé être un échange d'expérience avec le poste du coin…

— Rien ne t'obligeait à l'accepter et le boss m'a dit que tu t'étais porté volontaire.

— …

Sébastien Garnier se tut. Il n'avait pas envisagé que son ami soit au courant. Jouer la victime ne lui paraissait plus aussi crédible. Il n'avait pas su quelle autre technique utiliser pour faire passer la pilule de son départ sans avoir à se justifier sur les réelles raisons.

— Écoute mon vieux, je sais que tu avais dit au chef de ne rien dire et je sais aussi que tu avais besoin d'une pause. Mais là, tu vas t'enterrer dans un bled perdu au milieu de la campagne et… je ne suis pas persuadé que l'isolement soit la meilleure des solutions.

— La question ne se pose plus. Je suis dans le train.

— Mélanie a digéré la nouvelle comment ?

— Aussi bien qu'on puisse la digérer dans ce cas-là.

Mélanie. La fiancée envahissante. Ou ex-fiancée ? Il n'en était pas trop certain. Il était parti avec l'idée de rupture, mais sans réellement prononcer les mots, il n'était pas vraiment sûr que le message soit passé. Peut-être avait-il laissé le flou volontairement, s'offrant une porte de secours en cas de revirement. Un signe de lâcheté évident. Il le réalisait sans mal. Mais le dialogue ne prenait plus beaucoup de place depuis un moment dans leur couple. Le sexe, oui. Arriver à un stade où il se trouvait blasé d'un genre de relation que bon nombre de ses collègues lui enviaient était signe d'une remise en question nécessaire.

— Je dois te laisser, la communication passe mal. Il n'y a pas de réseau. Un avant-goût de la France profonde, je suppose !

Un éternuement coupa la conversation. Sébastien tourna la tête par curiosité, tentant d'apercevoir son unique voisin de wagon, mais en vain. Après un long soupir, il jeta son portable sur le siège lui faisant face où se trouvait déjà son unique bagage. Une énorme valise censée porter les choses indispensables à sa vie et qu'il ne se voyait pas laisser dans son appartement parisien prenait toute la place sur les sièges vacants. Il resta quelques instants, songeur, les yeux rivés sur l'objet si rarement sorti de son armoire. Il n'avait jamais pris le temps de voyager et le peu de week-ends qu'il faisait à l'extérieur se suffisait d'un simple sac de sport. La valise, elle, semblait neuve et le ticket de caisse avait été découpé juste avant le départ. Un sentiment de culpabilité l'envahit un court moment et il tendit le bras pour récupérer l'objet fétiche qu'il venait de faire voler. Il fit défiler les photos sur l'écran lumineux, déjà nostalgique des jours passés. Mélanie, son ancienne compagne, son frère Éric, leurs parents et Yvan, son meilleur ami et collègue qu'il avait encore au téléphone deux minutes plus tôt. Les raisons de son départ défilèrent une énième fois dans sa tête. Les regrets se mélangeaient au sentiment étrange de faire le bon choix malgré tout. Un gros besoin de dépaysement après une enquête éprouvante l'avait poussé à ce départ. Le choix de la destination, lui, il le tenait à une personne qu'il n'avait encore jamais physiquement rencontrée. Quelle foutaise. Les « miracles » d'internet. Cinglé. Elle n'était pas au courant de sa venue et ne le prendrait peut-être pas aussi bien qu'il l'espérait. N'ayant jamais échangé de photos, il se lançait en plus dans l'inconnu le plus total, avec juste un lieu de travail en poche. Il se fustigea intérieurement puis saisit les écouteurs dans sa poche, les enfonça dans ses oreilles et reposa sa tête sur la vitre à proximité. L'alarme était réglée pour éviter de rater le terminus, il pouvait se permettre de céder à Morphée le temps d'arriver à destination. La sélection de musique aux sonorités berçantes le plongea assez rapidement dans un sommeil salvateur. Une secousse le réveilla brusquement. La lumière vacilla et il se releva machinalement, se dégourdissant les jambes dans l'allée. Il se croyait arrivé lorsqu'un message résonna dans l'interphone signalant un accident sur la voie provoquant un retard sur la ligne. Un soupir. Le destin lui-même semblait trouver amusant de jouer avec sa patience. Les barres de réseau de son téléphone s'obstinaient à rester absentes. Un reniflement. Il se souvint qu'il n'était pas seul et ses pieds le portèrent au plus près de l'autre passager. Avant qu'il n'ait eu le temps de l'atteindre, un membre du personnel passa la porte derrière lui.

— Désolée, Monsieur. Il y a eu un incident sur la voie. Nous aurons un léger retard. Il n'y a malheureusement pas de réseau ici, mais la gare d'arrivée est au courant et le nécessaire sera fait pour prévenir les personnes attendant sur le quai.

— Combien de temps ?

— C'est difficile à dire, je n'en sais pas plus, mais nous vous tenons informé. Désolée.

— Vous savez ce qu'il s'est passé ?

— Une voiture, *a priori*, se trouvait sur la voie. Nous n'avons pas d'autres détails.

Il se renfonça dans son siège, oubliant le voisin à quelques pas de là. Quelle importance. Foutue bagnole. Encore un malin qui avait tenté de passer la barrière de sécurité avant qu'elle n'ait fini de se baisser. Énervé de cet état de fait et dans l'incapacité de communiquer, il sortit son ordinateur portable de sa valise. Pas de WiFi. Il referma nerveusement l'appareil puis les yeux et serra les dents. Le trajet risquait d'être beaucoup plus long que prévu. Le silence dont avait fait preuve son compagnon d'infortune jusqu'alors ne laissait pas présager qu'il était ouvert à la conversation. Il replaça les écouteurs et reprit sa position initiale. Il n'entendit pas le train repartir et fut incapable de déterminer le temps de trajet qu'il y eut encore après. Il s'assoupit rapidement et ne rouvrit les yeux qu'à son arrivée en gare.

Les yeux encore collés et finalement encore plus fatigué que s'il n'avait pas tenté de sieste, il traîna sa valise sur les quais cherchant le chauffeur qui devait le récupérer, en vain. D'autres passagers descendaient des autres wagons et s'en allaient peu à peu, pestant contre le retard d'arrivée. Il était plus qu'évident que plus personne ne l'attendait et, au retour de réseau sur son portable, un message vocal du poste de gendarmerie l'avertit qu'on viendrait le chercher avec un peu de retard à cause d'un imprévu. Cherchant à se protéger de la chaleur caniculaire, il se retrancha dans le hall, s'installa sur le premier siège venu et vida le café du distributeur à proximité en regardant les minutes défiler sur sa montre. Il respira profondément et grimaça. Il se sentait moite. Il détestait l'odeur de transpiration et le flacon de déodorant se vidait plus rapidement qu'il ne le devait. Persuadé du peu d'efficacité du produit, il n'avait pas lésiné sur le parfum pourtant déjà fort.

— Monsieur Garnier ?

Il releva les yeux sur un jeune homme d'une petite vingtaine d'années et en uniforme.

— Julien Courieux. Le commandant m'envoie vous chercher. Il s'excuse pour le retard, mais quelque chose de... délicat est arrivé et je dois vous emmener directement sur place.

— Délicat ?

— Je n'en sais pas plus, Monsieur. Je sais juste que je dois vous conduire à Bué.

— Bué ? C'est loin d'ici. Je pensais déposer mes affaires.

— Désolé. Ce n'était pas vraiment prévu au programme.

Le gamin tentait un ton professionnel alors qu'il était plus qu'évident qu'il était novice. Sébastien força le sourire aimable. Sortant de la gare, il fut surpris de se retrouver dans ce qui ressemblait à une ville. L'endroit semblait tout de même animé et il se délecta d'avoir fait fausse route sur ce qui allait l'entourer durant son séjour sur place puis, au fur et à mesure du trajet, il vit les locaux de la ville s'éloigner et la voiture s'enfoncer de plus en plus loin au milieu des cultures. Il s'attrista de voir l'horizon engloutir le béton au profit d'une nature quasi sauvage. Cette fois-ci, il était persuadé de s'être totalement coupé de la civilisation. Il tenta en vain de se souvenir de la dernière fois où il avait vu une étendue d'herbes, de champs et de bois aussi immense.

— Un accident de chasse en plein milieu des bois !? railla-t-il.

— Je ne pense pas, monsieur. Ce n'est pas la période.

Sébastien sourit du sérieux de son interlocuteur. Ce dernier n'avait pas compris la moquerie et il ressentit presque de la pitié pour ce môme qui souhaitait présenter au mieux. Au travers de la vitre, il s'étonna de voir les champs s'assombrirent et laisser place à un tapis de cendre. L'odeur de brûlé semblait transpercer l'habitacle et un amoncellement de personnes au loin empêchait la visibilité de la scène du drame supposé. Courieux coupa le contact et observa la scène avec autant de curiosité. Il était évident qu'il ne savait rien de plus que son passager et cela attisa la curiosité de ce dernier.

— C'est ça « Bué » ?!

— Oui et non. Ces parcelles font partie de la commune. La ville se trouve un peu plus loin.

Grimaçant de l'odeur de plus en plus forte, Sébastien pénétra sur le terrain mortifié et rejoignit péniblement ceux qui allaient certainement lui servir de collègues. Un homme, visiblement responsable se retourna à leur approche.

— Étienne Maillard. Votre chef de section. Je suppose que vous êtes Sébastien Garnier. On vous prend au saut du train, mais la situation est peu ordinaire. Cela vous fera une belle entrée en matière. C'est un partage d'expérience alors partageons !

Au peu d'expression de l'homme à la carrure impressionnante et à la poignée de main rugueuse, Sébastien ne sut pas s'il y avait là une sorte de bizutage ou juste la preuve d'une certaine sévérité ou professionnalisme très poussé. Maillard l'invita à se rapprocher d'un couple d'enquêteurs qui l'observait le sourire aux lèvres depuis déjà un moment. La femme le balaya furtivement des yeux avant de s'attarder sur les chaussures haut de gamme, enfoncées dans les cendres et la terre. S'il avait été difficile de déchiffrer les pensées de Maillard, celles de sa collègue se tournaient de façon flagrante vers la moquerie. La même dont il avait fait preuve lui-même un instant plus tôt avec son jeune chauffeur. Bien entendu, le fait que, cette fois, elle soit tournée vers lui rendait la chose beaucoup moins plaisante. Un sentiment furtif s'installa dans l'esprit de Garnier et son cœur s'emballa à la perspective redoutée. Peut-être était-ce elle qu'il recherchait… puis rebuté par l'air froid et dédaigneux, il espéra aussitôt faire fausse route et balaya l'idée de sa tête. Sa correspondante n'avait pas ce genre de tempérament. L'homme à ses côtés sembla lui murmurer quelque chose à l'oreille avant de feindre la politesse en tendant la main.

— Antoine Richard.

Sébastien scruta la personne qu'il jugeait d'ores et déjà antipathique. Un mètre quatre-vingt-cinq à vue de nez, la moustache d'une autre époque le vieillissait sûrement. À son visage et à la couleur des cheveux encore blonds, il lui donnait une quarantaine d'années. Arrogant fut le premier mot qui lui vint à l'esprit. Elle, c'était autre chose. L'espièglerie habitait le visage d'une trentaine d'années quoique ce ne soit pas si flagrant. La peau laiteuse était transpercée par deux pupilles chocolat, une silhouette féminine semblait se cacher sous un jean coincé entre de hautes bottes en cuir Camel et une chemise trop grande. Le vent laissait voler les cheveux châtain-roux en bataille et la tenue n'était pas plus formelle que la sienne. Elle était visiblement arrivée à la dernière minute comme lui. L'odeur du parfum qu'elle portait semblait passer par-dessus celle de la fumée. Un petit miracle qui venait peut-être de leur proximité. Il tendit la main à son tour, attendant les présentations de celle qui l'avait apparemment déjà catalogué dans une catégorie qu'il devinait déplaisante.

— Sébastien Garnier. Vous êtes ?

Elle lui serra la main sans grand enthousiasme et le dévisagea un instant.

— Votre baby-sitter. On fera les présentations plus tard.

Il pinça les lèvres, révélant sa surprise sans que qui que ce soit ne soit vraiment capable de dire si elle était bonne ou mauvaise. Sans même avoir donné son nom, elle tourna le dos et lança un regard intimant de la suivre derrière un immense drap blanc planté pour protéger le lieu des regards trop curieux.

— C'est une façon plutôt informelle pour protéger un lieu de crime, non ?

Les regards se tournèrent de nouveau vers Sébastien, mais il feignit de ne pas le remarquer. Ils le détestaient déjà. À quoi bon fournir des efforts pour cacher sa propre vision du travail. Au moment de passer la toile, avant même de relever les yeux, la voix féminine de sa nouvelle collègue répondit sèchement à sa réflexion.

— C'est une façon plutôt informelle pour tuer quelqu'un, non ?!

Son regard se releva sur ce qu'il restait d'un corps accroché à son bûcher. Un vomissement suivit un « Oh la vache ! » derrière eux. Julien qui les avait suivis studieusement s'était découvert l'estomac fragile et Richard s'en amusait visiblement en lui tapotant le dos.

— C'est courant ici ce genre de procédé ? tenta Sébastien avec une touche d'ironie en direction de sa « nurse ».

— Bien sûr. La nuit, on brûle régulièrement des gens et ensuite on rentre chez nous en volant sur nos balais pour nous occuper de nos chaudrons.

Il respira aussi profondément qu'il le pouvait, la toisant l'air blasé. D'un échange silencieux, il comprit que la relation lui donnerait autant de fil à retordre que l'enquête. Il dirigea de nouveau ses yeux sur le malheureux perché devant eux. Si une partie de son cerveau intégrait parfaitement l'image comme quelque chose de réel, l'autre se complaisait dans l'idée d'une scène imaginaire, sortie tout droit d'un film d'horreur dont l'action se déroulerait dans un autre temps. Il avait une grosse quinzaine d'années de métier derrière lui et pas mal d'images avaient marqué son esprit de façon dramatique. Certains faits avaient même failli le pousser à l'écœurement, la remise en question, pour finalement retrouver le chemin du bureau. Et puis ces derniers mois et leurs conséquences l'avaient amené à prendre un train aspirant à plus de calme. Mais le remue-ménage des gendarmes, de la section de recherche et des techniciens en identification criminelle n'avaient rien de reposant.

— Ils en ont encore pour longtemps ? Ce ne serait pas mal de pouvoir identifier le corps rapidement.

L'impatience manifeste du nouvel arrivé amusa Richard.

— Vous allez devoir prendre votre mal en patience. Nous ne saurons sûrement pas qui c'est avant deux ou trois jours.

— Deux ou trois jours ?! Le légiste est en vacances ? Il n'a pas de remplaçant ou…

— Il est à Tours, coupa la jeune femme. C'est une petite ville ici. Le dernier « évènement » de ce type date de 1995 et c'était un pauvre mec qui avait tué son rival et avait voulu s'en débarrasser dans le canal alors qu'il était vide. Il faut croire que, même ici, nous sommes tout de même assez civilisés.

— Je ne me souviens pas avoir dit le contraire.

Elle esquissa un sourire et ne put retenir un mouvement de sourcil qui en disait long sur ce qu'elle croyait savoir de lui.

— Nous allons devoir travailler avec Bourges et… le légiste apte à ce genre d'« exercice » travaille à l'hôpital de Tours. Dès que les agents ont fini d'inspecter la zone, le corps sera transporté.

Sébastien observa autour de lui, grimaçant du manque d'activité et toujours engourdi par le trajet pour venir. Son regard s'arrêta sur un homme aux traits sévères appuyé sur une berline près du fossé plus loin.

— Je croyais que vous deviez éviter les passages des petits curieux, reprocha-t-il à voix haute.

— Le petit curieux en question est le propriétaire des vignes. Si vous voulez aider…

Sébastien n'attendit pas la fin de la phrase et se dirigea confiant vers l'homme aux bras croisés et à la carrure de rugbyman.

La femme afficha un large sourire en invitant son collègue et son patron à observer ce qui allait se passer. Ils s'amusèrent de voir l'« intrus » galérer à retraverser le champ dans un costume de ville loin d'être de mise. De là où ils se trouvaient, les premiers mots échangés entre les deux hommes leur avaient échappé, mais le ton monta aussitôt et le propriétaire excédé hurla des injures audibles à des kilomètres à la ronde avant de prendre sa voiture et de faire gronder le moteur. Sébastien se rapprocha de nouveau d'eux.

— Vous saviez comment ça allait se passer, accusa-t-il devant leurs regards amusés.

— Il rouspète depuis qu'il est arrivé. Les assureurs sont censés passer après notre départ, répondit calmement Richard.

— Et la victime ? Ça ne l'affecte pas trop visiblement. Toutes les personnes ici accordent plus d'importance à leur terre qu'aux gens ou c'est un cas particulier ?

— Prenez vos affaires et attendez-moi à la voiture là-haut ! coupa la femme. Inutile de rester ici plus longtemps.

L'expression sur son visage laissait peu d'alternatives et Sébastien était fatigué et pressé de poser sa valise. Il ne se sentait pas le courage de faire front contre ses hôtes à ce moment précis, mais il était persuadé que ce n'était que partie remise.

— Je te parie que ce « comique » ne restera pas ici plus de deux ou trois semaines. C'est une perte de temps pour nous et visiblement pour lui. Une fois qu'il se sera rendu compte que ses belles pompes lustrées sont irrécupérables, il prendra très vite le train de retour ! lança-t-elle à Richard en regardant le dandy s'éloigner.

— Tu as l'air bien certaine de ce que tu avances...

— C'est un « blaireau » !

— Toujours aussi charmante et ouverte d'esprit.

— Mais c'est ce que tu aimes chez moi, non ?!

— Tu crois franchement qu'il va repartir aussi vite ?

— C'est moi qui me suis chargée de la réception de ce colis haut de gamme et autant te dire tout de suite que j'ai mis les petits plats dans les grands.

Il sourit, connaissant bien le phénomène et sachant à quel point elle pouvait être peste quand elle avait quelqu'un dans le nez.

— Bonne soirée, Gab.

Elle afficha un sourire rieur avant de rejoindre Sébastien l'attendant patiemment devant son véhicule. Appuyé sur la portière, il l'observait, muet. Elle avait un visage à la fois ordinaire et magnifié par un charisme évident. Le tempérament qu'il devinait n'avait rien d'étranger à cela. Une certaine sensualité s'échappait d'une démarche pourtant peu délicate. Un jean. Bon sang. Comment pouvait-elle être autant habillée par cette chaleur ?! Le peu de peau qui dépassait de ses habits était suffisamment pâle pour qu'il devine qu'elle n'était pas du genre à lézarder au soleil. Elle fit le tour de la voiture, ouvrit sa portière en soutenant les yeux verts. Il était manifestement bel homme. La grande stature était ornée d'un visage sévère, mais peu marqué par les années et quelques mèches brunes retombant sur le front. Elle eut un mouvement de sourcil. Manifestement gros prétentieux. Clairement monsieur "je sais tout". L'arrogance supposée salissait un visage qui avait sûrement dû faire tourner quelques têtes et courir quelques jupons sans trop de peine. Typiquement le genre d'homme qui l'insupportait et qu'elle prenait plaisir à snober aux rares soirées où elle se rendait. Trop lisse, trop prévisible, trop tout.

— Vous attendez que je vous ouvre la portière ?! lança-t-elle pour le sortir de son immobilisme.

Il préféra rire de la réflexion et s'engouffra sous la tôle, après avoir balancé sa valise à l'arrière. La chaleur dans l'habitacle resté en plein soleil le saisit aussitôt et il lui fallut quelques secondes pour accuser le coup. Il reprit vite consistance quand elle prit place au volant.

— Et sinon… vous n'avez toujours pas de prénom ? J'aimerais éviter de vous siffler quand j'aurai besoin de quelque chose.

— Quand vous aurez besoin de quelque chose ?! Je croyais qu'on nous avait envoyé un professionnel ? renvoya-t-elle, faussement étonnée.

— Exactement. Je vous promets que j'irai à votre rythme. N'hésitez pas à prendre des notes et à me poser des questions si vous ne suivez pas tout.

— Mais c'est qu'il a de l'humour, dit-elle en forçant le sourire.

— J'en aurai encore plus quand je me serai reposé. Je vous promets d'être plus ouvert d'esprit après quelques heures de sommeil. « Gab », c'est un surnom venu d'on ne sait où…

— Gabrielle.

— Gabrielle, répéta-t-il, songeur.

— … mais pour vous ce sera Madame.

Il retint un rire et scruta le visage pâle pour y voir une provocation de plus. Plus près d'elle, il réalisa que la brillance de ses yeux n'avait rien de naturel. Des larmes semblaient réclamer à sortir et un léger reniflement renforça le sentiment de malaise.

— Ne vous enflammez pas. Ce n'est pas l'émotion de vous avoir dans l'équipe qui provoque ça, mais le rhume des foins !

— Le rhume des foins, rit-il. Rien d'étonnant avec toutes les saloperies qui volent dans le coin.

— C'est vrai que la pollution c'est tellement plus sain ! Et puis…

Elle mima le reniflement grossier.

— Allez-y mollo sur le parfum. Ça ne cache pas l'odeur, ça l'empire ! finit-elle.

Chacune de ses phrases lui revenant en pleine figure, il prit l'initiative du silence sur la route le menant à son toit provisoire. La nuit tomba lentement, le soleil semblant se cacher derrière les vignes. La vue était superbe. Mais après quelques kilomètres, sa bonne humeur se révéla aussi furtive que cette seule pensée positive de la journée. Le contact se coupa devant un modeste corps de ferme au bout d'un chemin défoncé par les passages répétés des tracteurs. Des rideaux d'une autre époque décoraient de vieilles fenêtres au bois défraîchi. Avant qu'il n'ait compris ce qu'il se passait,

Gabrielle était sortie de la voiture, avait récupéré la valise de son passager et l'attendait devant l'entrée. Les mains dans les poches, il s'approcha lentement, les yeux écarquillés. La vieille porte en chêne grinça à l'ouverture et une odeur de renfermé sembla s'échapper d'une pièce qu'il était certain d'avoir déjà vue dans un film d'avant-guerre.

— C'est une blague, bien entendu.

— Tout est pris à la caserne. Nous approchons de la période touristique, dans le coin, le peu d'hôtels est déjà pris et nous nous sommes donné beaucoup de mal pour trouver ce logement.

— C'est le moment où je suis censé vous remercier ?

— Vous avez des voisins à une centaine de mètres d'ici. Ils sont adorables. Si vous avez besoin de quoi que ce soit… Les draps sont propres et vous avez ce qu'il faut dans la cuisine et la salle de bain. C'est un logement dont on se sert pour quelques employés viticoles saisonniers. Un ami vigneron nous l'a gentiment proposé.

Il ne put détacher ses yeux du visage de Gabrielle, cherchant à déceler la part de sérieux dans ce qu'il savait être un petit complot destiné à lui pourrir la vie.

— Il était question d'une chambre en ville…

— Il y a des travaux à la centrale qui se trouve à quelques kilomètres. Il y a plus de monde que prévu et les chambres sont prises. Il y a des priorités. Vous pouvez toujours essayer de téléphoner, mais le réseau est assez rare dans le coin et… à quatre cents mètres d'ici, là où il y a le grand chêne, il me semble qu'il y a deux « barres de réseau » à condition d'avoir le bon opérateur. Ah… et dernière petite chose avant que je ne m'en aille : pour l'eau chaude, laissez couler trois ou quatre minutes, le temps qu'elle redevienne claire. Je crois qu'on a fait le tour. Pour la voiture de prêt, on la récupérera demain matin, quelqu'un viendra vous chercher ici pour vous conduire au poste.

Elle le gratifia d'un grand sourire. Beaucoup trop grand. Montrer son énervement serait perçu comme une preuve de victoire flagrante alors, se couvrant du même masque de fausse courtoisie, il rendit le geste.

— Eh bien bonne nuit, Gab ! J'ai hâte d'être à demain.

— Oh, je n'ai aucun doute là-dessus, rit-elle, avant de fermer la porte derrière elle.

Il balaya les lieux du regard, tentant de maîtriser ses nerfs. Un bruit sourd le fit sursauter. Elle avait sûrement opéré un demi-tour, prise de remords. Les choses allaient revenir dans l'ordre plus vite que prévu.

À sa grande surprise, une femme âgée se trouvait devant sa porte. Une blouse quadrillée sur une longue robe à plis, le visage usé le regardait avec toute la gentillesse du monde. De ses mains abîmées, elle tendit un panier de fruits avant même qu'il eût le temps de prononcer un mot.

— Gabrielle m'a prévenu de votre arrivée. Je suis votre voisine. Je me suis dit que vous aimeriez autre chose que les boîtes de conserve qu'ils ont dû entasser là-dedans. Un grand gaillard comme vous doit avoir quelque chose de solide dans le corps. Si vous avez besoin, n'hésitez pas.

— Vous êtes de la famille de Gabrielle ?

— Non. On se connaît. Elle n'habite pas loin. Vous n'êtes pas perdu.

— Pas loin… c'est-à-dire que je peux aller jusqu'à chez elle pour balancer des œufs sur sa façade ? demanda-t-il nerveusement.

La vieille femme l'observa entre l'amusement et la pitié.

— Elle habite un peu à l'écart de Bué, mais vous n'irez pas à pied, jeune homme. Vous ne tiendrez pas le trajet.

Elle tapota son épaule. Il saisit le panier, hébété devant le geste et regarda la vieille dame partir sans quémander un merci ou quelconque monnaie. Sa parano le poussa à fouiller le panier, cherchant le piège, en vain. Il s'effondra sur l'osier de la première chaise à proximité, posa sa valise à ses côtés et en sortit son ordinateur portable avant de réaliser que le WiFi n'était sûrement pas une évidence à l'endroit où il se trouvait. Peu importait. Après avoir trouvé une prise, la cuisine s'éclaira de l'ouverture de l'appareil détonant à cet endroit. Un fichier « Reyann » apparut à l'écran, placé au centre d'un espace épuré sans autre fond que celui proposé d'office par le logiciel. Il cliqua dessus machinalement. Un nombre de dossiers classés par dates s'afficha. Des captures d'écran de conversations passées sur un forum où Yvan, son meilleur ami, avait cru bon de l'inscrire au cours d'une soirée bien arrosée. Une minute pour inventer un faux nom, une de plus pour la fausse adresse, le but étant de ne pas être démasqué et de se marrer le plus possible aux dépens des personnes s'étant inscrites sérieusement, ou avec celles n'attendant rien de plus que lui. Le jeu s'était mué en curiosité à la rencontre de Reyann, réalisant dès les premières lignes de conversation qu'ils pratiquaient le même métier. Il ne se souvenait plus dans quelles circonstances elle l'avait « harponné », mais une fois la beuverie passée, il fut surpris de la facilité qu'il avait eue à vider son sac au travers son clavier d'ordinateur. Les discussions étaient devenues régulières et amicales. Des semaines étaient passées sans qu'aucun des deux n'eût souhaité déséquilibrer l'harmonie de cette routine avec une rencontre qui aurait risqué de tout changer. C'était une amitié d'un tout autre ordre que celui déjà établi avec les gens qu'il côtoyait tous les jours, ceux qui le connaissaient ou croyaient le connaître depuis des années. L'échange avec cette personne qu'il ne connaissait de nulle part, qu'il ne risquait pas de croiser et dont il pouvait prétendre la non-existence lui conférait plus de sécurité que le dialogue avec un psychologue ou le remplissage d'un carnet de bord personnel. Aucun risque de retour négatif, d'étalage de sa vie privée. Elle avait dressé les mêmes barrières que lui jusqu'à ce qu'elle ne donne plus signe de vie quelques semaines plus tôt. La coupure avait été abrupte et l'avait laissé fragile à un moment professionnellement difficile. Elle s'était révélée comme le membre dont on ressent le manque au seul moment où l'on réalise qu'on ne l'a plus. Quelque chose était arrivé.

2

Karine Elluard traversa le petit pont séparant les deux parties du parking où elle se trouvait. La nuit était tombée et la fraîcheur salvatrice commençait enfin à pointer le bout de son nez. Embarrassée d'une pile de dossiers et de sa mallette, elle arriva empotée devant l'immense berline bleu marine. Les feuilles s'échappèrent de ses bras et résolurent son problème. Pestant contre elle-même, elle reposa le tout sur le sol avant d'ouvrir la portière et de jeter, excédée, tout son matériel de travail. La semaine commençait à peine et elle avait déjà hâte d'en voir la fin. Positionnée au volant, elle replaça le rétroviseur et rajusta son rouge à lèvres.

— La retraite n'est pas encore là, ma vieille, marmonna-t-elle pour elle-même.

Un repas avec ses futurs associés d'un cabinet d'avocat avait été organisé dans un restaurant huppé de la région sancerroise. Une façon de finir sa carrière en beauté. Elle sortit un peigne de son sac à main, replaça son chignon, déboutonna un bouton de sa chemise pour avoir l'air moins apprêtée et épousseta machinalement sa jupe avant de mettre le contact. Elle traversa la Loire comme tous les jours depuis des années, la menant de son département de travail actuel à celui de son travail futur. Plus d'aller-retour entre son logement et les quinze mètres carrés de cabinet de travail dont elle se contentait depuis trop longtemps de ce côté du fleuve. Plus de cas empilés les uns sur les autres et traînant pendant des mois faute de temps. Sa carrière avait, depuis quelques années, pris un envol souhaité, mais qui ne se satisfaisait plus des conditions dans lesquelles elle devait le recevoir.

Les lumières de la ville s'éloignèrent au fur et à mesure qu'elle s'approcha de la butte touristiquement célèbre de sa région natale. Les routes semblaient désertes et elle se sentait apaisée. En passant une vitesse, la voiture sembla s'étouffer. Elle commença à ralentir jusqu'à s'éteindre de la façon la plus calme qui soit. Panne. Des voyants rouges indiquaient une défaillance et, au milieu de nulle part, la femme pesta de nouveau.

— BORDEL ! BORDEL ! BORDEL !

Elle releva le visage et chercha nerveusement le numéro de l'assistance dans son portefeuille. Trois sonneries puis la traditionnelle musique d'attente se suivirent pendant ce qui lui semblait être une éternité. Une sensation étrange la stoppa dans son élan. Une voiture venait de s'arrêter à proximité, probablement alertée par les warnings.

— Vous avez besoin d'aide ?

— Je suis en panne. Je ne sais pas d'où ça vient. J'ai le droit à « Vivaldi » au téléphone depuis cinq minutes avec mon assistance dépannage et je dois être à un rendez-vous professionnel dans dix minutes à Sancerre. Alors oui, monsieur, j'ai un problème.

— Inutile de s'énerver. Je rentre chez moi, j'habite Bué. On peut décaler votre voiture de la route et vous joindrez votre dépanneur pendant que je vous déposerai à

Sancerre. Vous me laissez juste appeler ma femme pour qu'elle ne s'inquiète pas et c'est OK.

Karine dévisagea l'homme, assez jeune, quoiqu'assez difficile de lui donner un âge en pleine nuit. Un costume élégant, un visage doux, mais assuré et surtout une voiture en état de marche.

— Merci. Je vous rembourserai le trajet, à moins que vous ne préfériez une bouteille de bon vin !?

— Vous croyez que je risque d'en manquer dans la région, rit-il. Quant aux quatre kilomètres qui séparent Bué et Sancerre, je devrais pouvoir les amortir.

Le gratifiant d'un sourire en guise de remerciement, elle saisit ses précieux dossiers et grimpa hâtivement dans la voiture de son sauveur.

— Vous sauvez ma soirée !

Il sourit, fixant la route devant lui. Embarrassée de ses affaires, elle déposa sa mallette sur le siège arrière et remarqua ce qui ressemblait à une énorme bobine de fil de pêche sortant d'un grand sac de supermarché.

— Que faites-vous dans la vie ? demanda-t-elle par curiosité.

— Je chasse les sorcières, répondit-il avec un sérieux qu'elle ne sut pas vraiment comment interpréter au premier abord avant de jouer sur l'humour et la décontraction.

— J'en connais un paquet si cela peut vous rassurer. J'ai les noms et les numéros de sécurité sociale, s'amusa-t-elle. Je suis avocate, voyez-vous.

— Je le sais.

Elle se refroidit soudainement.

— Comment ça ?

— Je crois que beaucoup de personnes disposent de pouvoir, voyez-vous. Mérités ou non, elles ont ces pouvoirs, ces capacités, le droit de vie ou de mort sur les gens, le droit de détruire la vie d'une personne d'un seul geste. Certaines s'en servent pour faire le bien, mais personne ne peut vraiment empêcher les autres de le mettre au service du mal. Non, personne ne fait le tri dans ces gens-là. Dites-moi, Karine, dans quelle catégorie considérez-vous que vous puissiez être ?

— Je ne comprends pas. Comment connaissez-vous mon nom ?

La panique envahit l'avocate. Le chemin emprunté par la voiture n'avait rien à voir avec le trajet initial. Des champs à perte de vue. Aucune lumière. Les portes verrouillées. Elle se sentit de plus en plus étouffée par la peur. Elle repensa à sa mère lui rappelant tous les quatre matins de mettre un spray de défense dans son sac et elle de dire « ne sois pas parano ! ».

— Que voulez-vous ? Je ne comprends pas.

— Savez-vous ce que cela fait d'être piégée... de brûler de douleur de l'intérieur, étouffer et vous consumer de millions d'émotions négatives et le tout avec des spectateurs. Des gens qui sont censés vous aider. Des gens qui sont censés vous secourir.

D'un coup de poing puissant, il frappa violemment la tête de sa passagère qui commençait à s'agiter, puis dirigea la voiture jusqu'à l'entrée d'un chemin séparant deux parcelles de vignes.

— Bienvenue à Bué, Karine. Oui, je sais, il fait terriblement chaud. Terriblement.

Mardi 30 mai

Sébastien s'éveilla aux premiers rayons de soleil transperçant les volets craquelés avant même que son alarme de téléphone n'ait eu le temps de sonner. Un bruit d'engin agricole tournait à proximité, mais sans que cela n'ait gêné son sommeil jusqu'alors. Peu désireux de s'attarder plus longtemps dans la maison où il se sentait isolé, il accéléra la cadence de sa préparation pourtant d'ordinaire plutôt lente. Pas de rasage. Gabrielle avait parlé d'une eau douteuse. Inutile de s'en badigeonner la figure. Ou alors, elle s'était moquée de lui et le but était de le voir arriver dans un état lamentable. Il souffla, grinça des dents. La valise refermée, il était bien décidé à trouver une chambre ailleurs dans la journée même. Une vibration signala un message péniblement arrivé sur son téléphone. L'envoi daté de la veille accusait tout juste réception et il étouffa un rire nerveux.

— Bien réveillé ?

Il releva la tête, surpris à la sortie de la maison par un homme d'une cinquantaine d'années en bleu de travail et maillot blanc aux manches déjà enroulées le fixant du haut de sa cabine de tracteur.

— Euh… oui, merci. Vous êtes du coin ?

— Oui et non. La parcelle de terre où se trouve cette maison est à moi et j'ai quelques autres petits bouts le long de cette route.

Petits bouts. Vu l'étendue des champs voisins, la notion de « petits bouts de terre » en campagne n'avait pas grand-chose à voir avec celle de la ville. L'homme continuait de le fixer, semblant attendre quelque chose. Étonné et mal à l'aise, il entama un semblant de conversation.

— La dame qui habite plus haut m'a déposé des fruits hier soir. Je ne sais pas son nom. Vous la connaissez ?

— La veuve Cancion. Elle vit toute seule, elle est adorable. Je peux vous y déposer vite fait si vous avez cinq minutes…

— Non. Mais vous pourrez la remercier de ma part. Je dois y aller. On doit venir me chercher pour rejoindre le poste…

— Ah mais je suis au courant. C'est moi le taxi ! rit l'homme.

— C'est vous le… il doit y avoir erreur.

Non. Elle n'aurait pas fait ça. Elle n'aurait pas osé aller si loin. Si ? Sa courtoisie s'envola avec sa patience.

— Un collègue doit venir ou un taxi. Un taxi… il y a des taxis dans le coin, non ?!

— Ahhh… vous savez à cette heure-là, le peu qu'il y a, ils sont déjà pris. Mais vous pouvez toujours faire quatre ou cinq cents mètres à pied pour récupérer du réseau si vous voulez essayer d'appeler le poste. Seulement, ce serait beaucoup plus rapide que je vous emmène, croyez-moi.

Il croisa les bras, rieur, manifestement loin d'être pressé. Les nerfs de Sébastien hurlaient de nouveau. Gabrielle était le premier prénom qui lui venait à l'esprit et la première personne sur laquelle il se défoulerait en arrivant. Et quarante minutes plus tard, elle était effectivement la première personne à l'attendre. Richard et quelques autres officiers s'éloignèrent en riant et Sébastien n'eut pas de mal à comprendre le sujet de moquerie du jour. Il se tourna poliment, voulant tendre la main à son « chauffeur » quand il le vit concentré sur son iPhone dernier cri.

— Vous avez un iPhone !?

— Oh oui mon p'tit monsieur et chez moi, il y a même l'électricité sans que personne n'ait besoin de pédaler dans le fond de ma cave ! Bonne journée.

Il fit signe à Gabrielle avant de repartir à l'extérieur de la ville, content de l'effet provoqué sur les quelques touristes étrangers aux alentours. L'agent se tourna, hors de lui, frappa sa valise au sol, au pied de Gabrielle, et se redressa à dix centimètres à peine de son visage. Le style vestimentaire était toujours le même. La couleur de la chemise avait changé, mais elle était toujours trop grande pour elle et le même style de jean couvrait les jambes bien fixes.

— Vous devriez prendre plus soin de votre matériel, vous savez. La grande surface la plus proche est au moins à… pfooooooooooouuuuu… deux kilomètres. Oui, je sais… une sacrée révélation ! Laissez-moi deviner… la seule fois que vous avez vu la campagne, c'était dans un épisode de "*La petite maison dans la prairie*", c'est ça ?

— Vous trouvez ça comique ? Vous vous êtes bien amusée ? Vous habitez vers Bué, vous pouviez venir me chercher !

— Ça me faisait faire un détour d'au moins deux kilomètres. Désolée.

Elle fixa l'homme devant elle, se plaça au plus près du regard rempli de fureur et après une mine feignant la réflexion, se contenta d'un simple message d'accueil.

— « Bienvenue à Plouque City. »

Sébastien fronça les sourcils sous la surprise. Il resta muet, se torturant l'esprit pour tenter de se souvenir de la dernière fois qu'il avait prononcé cette phrase, cherchant à quel moment une personne aurait pu l'entendre et la transmettre. L'énervement eut raison de ses tentatives pour se remettre dans le contexte et avant qu'il n'ait eu le temps de rétorquer quoi que ce soit, Gabrielle avait déjà tourné le dos, fière de son effet.

— Mettez votre valise dans le coffre. On décolle d'ici, lança-t-elle, sans lui laisser le temps de souffler.

Il prit place devant les regards amusés des autres « farceurs », se convainquant une fois encore que céder à la colère ne ferait que les motiver davantage. Elle émit un léger reniflement et il eut une révélation.

— C'était vous !

— C'était moi quoi ?

— Dans le train ! Vous étiez dans le même wagon que moi.

— Félicitations. Nous étions seuls dans ce wagon et vous ne m'avez pas vue. Je trouve que ça en dit long sur l'importance que vous accordez aux autres.

— Vous n'avez pas bougé non plus. Vous étiez enfoncée dans votre siège et je n'entendais que vos reniflements !

— Le peu que j'ai entendu de vous ne m'a pas donné envie d'en savoir plus, désolée.

— Vous captez des bouts d'une conversation privée et vous en tirez des conclusions…

— C'est vous qui me faites la leçon sur le fait de ne pas juger les gens bêtement !? Dans quelle catégorie nous classez-vous quand vous appelez vos potes : les humains ou les bovins !?

— Nous avons fait le même trajet. À quel moment avez-vous eu le temps d'organiser cette mascarade ?

— Pendant que vous ronfliez !

— OK.

Il inspira, réfléchit un instant à la nouvelle marche à suivre puis reprit un ton sympathique effaçant l'ardoise de leurs premiers échanges. Peut-être que, passée la colère, elle était très sympathique. Elle avait l'air sympathique. Il s'était toujours trouvé assez bon juge de la façon d'être des gens qu'il croisait et se voyait mal se tromper.

— On risque de travailler ensemble un bon moment, amorça-t-il.

Il mima l'apaisement.

— On peut repartir de zéro, non ? Je viens d'arriver. Je suis… un collègue après tout. Si vous n'aviez pas entendu et mal interprété cet échange dans le train, nous aurions bien mieux commencé. Je jouis d'une bonne réputation. Les gens m'aiment bien d'une manière générale. Je me suis un peu énervé, mais je ne suis pas encore habitué aux manières un peu… rustres ?

Elle ne put retenir un petit pouffement en remuant la tête. Elle le dévisagea, cherchant à savoir s'il la provoquait volontairement ou s'il était naturellement maladroit. Elle crut percevoir un mélange des deux. Il l'ignora.

— On pourrait peut-être commencer par se tutoyer ?

— Non, trancha-t-elle.

— OK. Caractérielle jusqu'au bout. Ça me va.

Il esquissa un sourire qui la piqua au vif. La voiture pila sous la pression nerveuse de la pédale de frein. L'effet de surprise tomba à l'eau. Il la dévisagea calmement, l'air faussement interrogateur, mais nullement choqué.

— À quoi vous jouez ? Il n'y a pas suffisamment de monde à emmerder à Paris ? Vous vous êtes dit que le moment était venu de vous trouver d'autres gens à torturer avec vos manières de petit con prétentieux ?

— C'est vous qui avez commencé !

— C'est moi qui ai… C'est… Non, mais sans déconner vous avez quel âge ?

— Approximativement le même que la personne qui m'a envoyé dormir dans une bâtisse désertée depuis la révolution et alimentée par les corbeaux en me faisant croire qu'il n'y avait rien d'autre de disponible !

— Je me suis dit que vous apprécieriez le côté folklorique du coin ! Et puis, je m'en serais voulu de mettre à mal vos belles idées pas du tout clichées de la vie à la campagne ! Vous aurez plein de choses à raconter à vos petits copains en rentrant dans votre piaule de dix mètres carrés à mille euros par mois de loyer !

Elle se figea, renifla une énième fois et tenta de retrouver un semblant de respiration.

— Les reniflements, c'est gonflant et pas très sexy, s'amusa-t-il.

— Ça me désole de ne pas correspondre à vos critères. Non, vraiment. Je ne sais pas comment je vais m'en remettre.

Il l'observa, amusé, tandis qu'elle redémarrait la voiture.

— Où va-t-on ? demanda-t-il en reprenant un ton plus sérieux.

— Bué.

— Des nouvelles ?

— L'accident sur la voie ferrée qui a retardé le train hier n'était finalement pas un accident. Des traces d'impact viennent d'une collision à l'arrière avec une autre voiture. Et puis le feu qui a pris dans la voiture n'était pas accidentel.

— Quelqu'un l'a poussée sur la voie et a foutu le feu à la voiture !? Je croyais que dans le coin les meurtres n'étaient pas monnaie courante !?

— Il faut croire que quelqu'un a voulu rattraper le temps perdu.

— Quel rapport avec la ville du bûcher ?

— Elle y habitait.

— Sacrée coïncidence. Vous ne la connaissiez pas ?

— J'habite à proximité de Bué. Pas dans la ville même.

— Et alors, vous ne sortez jamais !?

Elle ne prit pas la peine de répondre et se contenta de fixer la route, songeuse.

— Que faisiez-vous à Paris ? tenta-t-il pour lancer une conversation qui aurait le mérite d'être plus courtoise que celles qu'ils avaient eues jusqu'alors.

Elle tourna les yeux, visiblement ennuyée.

— Si on vous le demande, vous direz que vous ne savez pas. Écoutez, je n'aime pas l'hypocrisie alors je vous rassure tout de suite, je vous dispense de vous forcer à trouver des sujets de conversation. J'aime le silence.

— Je ne me force pas. J'essaye de m'adapter à la civilisation du coin !

— Pour quelqu'un qui essaye de rétablir le dialogue, je vous trouve sacrément empoté.

— De toute évidence, nous sommes partis sur de mauvaises bases. Ce n'est pas une fatalité. On a le temps.

— Mon petit doigt me dit que vous ne serez plus là à la fin du mois.

— Et vous ne pensez pas que je me doute que vous avez déjà ouvert les paris avec votre petit ami sur le temps que j'allais « endurer » la vie ici ?

— Mon petit ami ?!

— Le moustachu ! Le grand avec un air condescendant...

— Le moustachu n'est pas mon « petit ami » et il a sûrement plus d'expérience que vous dans le métier.

— Alors pourquoi vous colle-t-on avec moi ?

— J'ai perdu à la courte paille !

— OK.

Des kilomètres de vignes défilèrent sans qu'un mot de plus ne soit prononcé jusqu'à l'arrivée à l'entrée de la petite ville. Garnier constata, amusé, qu'une maison sur deux était en fait un domaine viticole.

— Ça doit être ça qu'on appelle un village vigneron dans toute sa splendeur. On ne doit pas manquer de vin ici.

— Vous avez un sens de l'observation étonnant. Je suis impressionnée.

Il souleva les yeux à la remarque cynique. Ils se retrouvèrent face à une longue maison aux volets fermés qui semblait coupée du monde. Un amoncellement de bouquets de fleurs noyait le portail donnant sur la grande cour. Gabrielle fit le tour de la voiture et se rapprocha de son collègue méfiant.

— Inès Lormeau. Elle avait dix-neuf ans et son permis depuis six mois. Les parents avaient signalé la disparition avant-hier soir quand ils se sont aperçus qu'elle avait découché. Ce n'était pas dans ses habitudes. Les gens du coin se sont regroupés hier matin pour aider dans les recherches jusqu'à ce qu'on nous signale la voiture à une bonne cinquantaine de kilomètres d'ici en plein milieu d'une voie de chemin de fer. Le nécessaire a été fait pour éviter qu'il y ait collision ; les trains ont été arrêtés. Les officiers du coin pensent qu'elle a d'abord été percutée puis frappée à la tête. Elle est morte sur le coup. Tout laisse penser que celui ou celle qui a fait ça l'a remise dans sa voiture et poussée sur la voie en pensant qu'un train allait finir le travail. Le feu, c'était une idée gratuite, un petit bonus censé effacer les dernières traces éventuelles, je pense. Il n'a pas pris suffisamment longtemps pour faire de gros dégâts. Les secours étaient sur place assez vite alors que cette portion de route est d'ordinaire assez déserte. Nous n'avons rien d'autre que les traces à l'arrière de la voiture. Rien n'a été volé alors qu'elle avait une quantité importante de liquide sur elle. En revanche, il manquait le portable. Pas haut de gamme donc sûrement pas le motif du meurtre.

Il fit signe de la tête qu'il avait compris le topo et se retourna sur un homme au visage froid s'approchant d'eux.

— Des hommes sont déjà venus hier et nous ont expliqué ce que vous cherchiez. Nous ne savons pas quoi vous dire de plus et ma femme est au plus mal. J'aimerais que vous la laissiez se reposer.

— Désolée, Monsieur. Nous comprenons tout à fait. J'aimerais voir sa chambre, ses affaires. J'espère que vous comprenez que nous le faisons pour retrouver celui qui a fait ça.

— Aucune des personnes que nous connaissons n'aurait été capable de ce genre de choses et elle ne fréquentait pas n'importe qui.

Il se figea un moment devant Gabrielle.

— Vous êtes du coin, vous. Vous êtes déjà venue ici.

Garnier fronça les sourcils. Elle ne sortait vraiment pas souvent.

— J'habite à la sortie de la ville. Écoutez, j'aimerais quand même voir sa chambre. Cela ne prendra qu'un instant. C'est la procédure. Vous ne voudriez pas que l'on passe à côté de quelque chose d'important.

L'homme les observa quelques secondes et soupira.

— Première porte à droite à l'étage.

Il sortit de la cour, visiblement peu enclin à les accompagner.

— Pas très coopératif, releva Sébastien.

— Il vient de perdre sa fille. Il ne faut pas prendre systématiquement la réserve et l'orgueil pour de l'indifférence ou de la culpabilité.

Il marqua une pause.

— Vous habitez ici depuis quand ? Des années ? Et personne ne vous connaît et vous ne connaissez personne. Je croyais que tout le monde se connaissait dans ce genre de patelin ?!

Elle le snoba. Ils passèrent la porte de la demeure et la fraîcheur les saisit aussitôt. Les pièces restées dans l'ombre depuis la veille s'étaient épargné la chaleur étouffante. Gabrielle monta directement les marches trois par trois, s'engouffra dans la première pièce à sa droite et découvrit avec un certain étonnement une chambre peu ordinaire pour une jeune femme.

— Fanatique ? demanda mi-amusé, mi-surpris son collègue.

Des posters étranges aux tonalités gothiques recouvraient l'intégralité des murs de la pièce. Des images de film dont l'histoire tournait autour de la sorcellerie se chevauchaient jusque derrière une étagère recouverte de bibelots sur le même thème. Un livre imposant sur la sorcellerie en Berry trônait dans une vitrine étouffée d'un tas d'autres livres plus ou moins historiques, plus ou moins sérieux sur le sujet de sa passion évidente. Mais l'œil de Gabrielle s'arrêta brusquement sur une immense affiche, au-dessus du lit, représentant une femme au milieu des flammes sur un bûcher. Garnier prit l'initiative d'ouvrir un album photo. Ses yeux s'arrondirent et il se tourna immédiatement vers sa collègue.

— Qui peut être assez bête pour participer à ce genre de rituel interdit et prendre le tout en photos dans un album à la vue de tous ?!

Gabrielle s'approcha de lui, jeta un œil rapide pour vérifier ce qu'elle pensait et afficha un sourire.

— Ça vous fait sourire ?!

— Le bal des sorciers, se contenta-t-elle de répondre.

— Le bal de quoi ?!

— Elle adorait ces histoires, lança une petite voix tremblante dans leurs dos.

Une adolescente aux longs cheveux blonds, cachée sous un pull deux fois trop grand les regardait, l'émotion visible.

— C'était ta sœur ? demanda doucement Sébastien.

Elle secoua la tête en guise de oui.

— Est-ce que tu sais si elle voyait d'autres personnes qui aimaient les mêmes choses qu'elle ? Est-ce que tu l'as déjà vue écrire quelque chose dans un journal ou…

— Non. Elle ne sortait pas souvent. Elle cherchait du travail, mais c'est tout. Les autres la trouvaient gentille, mais bizarre. Elle, tout ce qui l'intéressait, c'était partir d'ici.

— C'est une passion étrange qu'elle avait là, dis-moi. Tu sais d'où ça vient ?

L'adolescente étouffa un rire nerveux.

— Elle ne voulait voir personne et elle s'ennuyait. Les parents ne nous laissent rien faire. À part leurs vignes, rien ne compte ! Elle disait tout le temps qu'elle se sentait à part. Je ne sais pas par quel délire elle s'est trouvé des points communs avec des sorcières. C'est le truc du coin. Ça aurait été des licornes, elle en aurait été une !

La colère avait remplacé la tristesse.

— Elle t'avait, toi. Vous vous entendiez bien, non ? tenta d'apaiser Gabrielle.

L'agent avait pris une expression douce et compatissante. La première depuis que Garnier avait posé les pieds dans la région. Elle en était donc capable.

— Elle a été adoptée. Pas moi.

— Ça faisait une différence ?

— Il faut croire que pour elle ça en faisait une. Elle ne me parlait jamais. Depuis le collège, elle ne voulait plus causer à personne.

Elle tourna les talons, bouleversée et referma derrière elle la porte de sa propre chambre. Gabrielle feuilleta un calepin qu'elle sortit de sa poche.

— Vous étiez au courant pour l'adoption ? interrogea Sébastien.

— Elle est arrivée ici à six ans. Le géniteur, inconnu au bataillon, et la mère, sans autre famille, considérée inapte à s'occuper de sa gosse.

— Elle est au courant ?

— Qui ?

— Sa mère biologique ?

— Elle est morte il y a quelques années. Suicide quelque temps après le retrait de l'enfant.

Sébastien fit le tour de la pièce, évitant les vêtements éparpillés sur le sol et fouillant le moindre recoin, scrutant les photos.

— Quand je pense que ma mère me trouvait bordélique, murmura-t-il. La gamine devait traverser une crise identitaire et a fréquenté les mauvaises personnes au mauvais moment. Les familles savent souvent moins de choses sur leurs gosses que ce qu'elles pensent. Reste à savoir s'il y a un rapport entre la passion morbide de la demoiselle et le bûcher dans les vignes.

— C'est une petite ville ici. Si elle fréquentait quelqu'un, ça se saura. Pour ce qui est de la passion morbide, je ne dirais qu'une seule chose : bienvenue à Bué.

— Une histoire particulière avec les sorcières.

— Vous devriez prendre le temps de vous renseigner un peu sur les environs, sinon, vous risquez d'être surpris le jour du bal des Sorciers.

— En fait, je comptais sur vous pour la visite touristique, lança-t-il.

— Pourquoi pas… j'ai un grand coffre ! Vous y serez à l'aise, sourit-elle.

Il ne s'attendait pas à moins. Il le cherchait même. L'échange de vacheries virait plus au jeu stupide de gamins qu'à de la réelle animosité. C'est tout du moins ce qu'il se disait pour dédramatiser la situation.

Le téléphone de Gabrielle résonna dans la pièce. Elle se retira de la chambre un moment laissant Sébastien continuer ses investigations, retourner le moindre livre, le moindre tiroir. Un petit personnage de paille gardait un pot à crayons. Un appui-main recouvrant le bureau était rempli de graffitis divers au milieu desquels se trouvait un cœur avec une initiale : M.

— La demoiselle ne fréquentait personne… ben voyons.

Gabrielle revint dans la pièce, l'air grave.

— Vous avez trouvé quelque chose ? demanda-t-elle.

— Un « M » avec un gros cœur autour. Ce n'est peut-être pas grand-chose, mais *a priori* le signe qu'elle devait avoir une vie sociale. Et vous ? Pourquoi appelait-il ?

— C'était Julien, le petit nouveau… On les a appelés au sujet d'une disparition douteuse. Une avocate qui n'est jamais arrivée à son repas d'associés hier soir.

— Et ?

— Et rien, en fait. On est déjà peu de monde pour ce genre d'« évènements ». Julien et Richard vont s'occuper de l'avocate. Le corps de la gamine, lui, va être rapatrié rapidement pour l'enterrement. « M » vous dites ?

— Oui.

— Ça va être joyeux.

— Parce que…

— L'autopsie a révélé qu'elle avait eu des rapports peu avant sa mort. Le but du jeu maintenant est de retrouver quelqu'un qui n'a laissé aucune trace et dont le prénom commence par un M. Magnifique.

— Martial, sortit un murmure derrière eux.

Gab et Sébastien se retournèrent de concert sur une femme d'une cinquantaine d'années, les yeux gonflés et les bras blottis contre un gilet ne la réchauffant visiblement pas.

— Évelyne Lormeau. Je suis la mère d'Inès même si elle se battait contre ça depuis pas mal d'années. La crise d'adolescence… Je me doutais qu'il pouvait y avoir ce genre de soucis. Mais c'est toujours difficile d'y être confronté.

— Martial ? Qui est-ce ?

— Elle ne trouvait pas de boulot qui l'intéressait, mais elle voulait être indépendante alors elle s'est dirigée au même endroit que tous les autres gosses des alentours qui ont besoin d'un peu d'argent.

Sébastien fronça les sourcils.

— Vous n'êtes pas d'ici vous, s'amusa la femme.

— Les vignes ! répondit Gabrielle avec lassitude à son collègue. Il n'y a pas un gosse du coin qui ne soit pas passé par là en job d'été. Martial en faisait partie ?

— C'est un môme qui habite la ville voisine de Bué. Tout le monde le connaît. Il est adorable. Il est un peu spécial, mais travailleur. Il tourne entre tous les vignerons pour le boulot. Ils se sont rencontrés il y a quelques mois et il l'a raccompagnée une ou deux fois à la maison. Je sais qu'ils s'entendaient bien, mais… je peux vous dire où il habite, mais en journée, vous ne l'y trouverez pas. En ce moment, je sais qu'il travaille pour le vigneron Berchant.

Gabrielle sembla relever quelque chose. Sébastien la connaissait depuis peu de temps, mais avait intégré assez vite les expressions de son visage et ce qu'elles laissaient entendre.

— Merci, madame. Nous vous tiendrons au courant, se contenta-t-elle de répondre.

Évelyne repartit, traînant les pieds au sol, la mine défaite.

— « Berchant », ça vous intrigue ? Pourquoi ? releva Sébastien.

— Vous l'avez rencontré hier. Le terrain du bûcher est un des siens. Nous allons rendre visite à ce monsieur. Nous devons retrouver Martial.

3

— MARTIAL ! hurla Berchant, posté en haut d'une terre en pente.

Le temps que l'adolescent remonte, le vigneron dévisagea Sébastien se souvenant de leur accrochage de la veille.

— C'est un pauvre gosse. Il est un peu « simplet », mais pas méchant. Et surtout, c'est un très bon employé. Et puis la prochaine fois que vous vous pointez, vous prévenez ! Mon avocat s'occupera de discuter avec vous ! Là, je n'ai pas le temps, mais on se recroisera.

L'homme tourna le dos aux deux enquêteurs et remonta dans son 4x4 en continuant de les toiser du regard. Le moteur vrombit bruyamment et le démarrage en trombe fit voler de la terre sur le costume de Sébastien à proximité. Il tenta de balayer les quelques traces de boue du revers de la main.

— J'adore les gens de ce « pays ».

— C'est adorable de voir à quel point ils vous le rendent. Vous êtes, de toute évidence, quelqu'un qui sait se faire apprécier.

Elle afficha alors une moue de pitié en le regardant tenter de nettoyer sa veste. Rien ne semblait être fait pour lui dans ce coin. L'espace d'une seconde, elle s'attendrit devant la moue d'enfant boudeur. Mis à part le côté « tête à claques », il n'avait pas vraiment le profil de quelqu'un de méchant. Peut-être avait-elle été trop sévère. Il releva le nez, se sentant observé et balança une grimace en guise de réponse à ce qu'il pensait être une observation moqueuse. Elle se repositionna sur le côté « tête à claques ».

Arrivé à leur hauteur, Martial, le jeune homme recherché affichait un visage perplexe.

— C'est pour Inès, hein !?

— Oui, c'est pour Inès. Il paraît que tu la connaissais très bien, s'avança Sébastien.

— Elle était gentille.

— Tu l'as vue quand pour la dernière fois ? Avant-hier soir ?

— Non. Maman veut que je rentre à l'heure !

Il affichait un sourire d'enfant de quatre ans qui désarma l'agent.

— C'était ton amie ?

— Oui. Enfin… on ne se connaissait pas depuis longtemps, mais elle m'aimait bien, je crois. Quelqu'un lui a fait du mal.

Il baissa le visage vers le sol, se frottant les mains nerveusement dans un chiffon.

— Tu sais qui lui a fait du mal ? Tu t'es disputé avec ?

— Non !

Il releva les yeux brillants de larmes.

— C'était mon amie !

— Tu aurais aimé qu'elle soit plus que ça ?

— Non, s'amusa Martial en grimaçant.

La capacité du jeune homme à passer par diverses émotions en quelques secondes désorientait les deux agents.

— Elle aimait bien les histoires de sorciers et moi aussi ! déclara-t-il fièrement. Elle était un peu triste ces derniers temps. On ne se voyait pas beaucoup.

— Tu sais pourquoi elle était un peu triste.

— Elle n'a pas aimé arrêter l'école.

— Ça date de pas mal de temps maintenant. Du mois d'août de l'année dernière déjà.

— Non. Il y a quatre mois. Elle a dit qu'elle voulait arrêter pour trouver un travail. Le BTS, ça l'intéressait pas ! Elle voulait pas retourner à Bourges ! Elle voulait travailler chez nous. Ses parents étaient pas contents.

Gabrielle leva les yeux au ciel, jurant après les détails plus ou moins volontairement oubliés par les proches. Rien ne laissait penser qu'il pouvait y avoir un rapport, mais le fait que dans ce genre de circonstances, les gens interrogés prennent le luxe de ne pas tout déclarer l'exaspérait quelque peu. Elle sortit une carte de sa poche pour la donner au garçon sous les yeux intrigués de Sébastien.

— Rien ne nous permet de l'emmener, se justifia-t-elle. Le simple fait de trouver un «M» griffonné sur un bout de papier ne compte pas pour une preuve. Nous vérifierons qu'il était bien chez sa mère au moment de la disparition et nous aviserons.

Martial continuait de les regarder, gêné.

— Dites, du coup le patron est parti sans moi. Vous pouvez me déposer au bureau ? J'aime bien marcher, mais c'est loin là !

— Monte dans la voiture, ordonna Gabrielle.

— Finalement, on est taxi maintenant ? s'insurgea Sébastien.

— Bizarrement, lui, on n'a pas envie de le pousser de la voiture en cours de route. On est civilisés et c'est à trois kilomètres d'ici. Ne me gonflez pas ou c'est vous qui rentrez à pied.

Elle en était capable. Il l'avait compris. Après un moment de silence et alors que tout le monde semblait observer le paysage défiler, Sébastien souffla, se libérant de sa cravate.

— On crève de chaud dans cette voiture, non ?

Une moue négative lui servit d'unique réponse. Il serra les dents, conscient de la provocation, et balaya l'habitacle de la voiture des yeux, cherchant un appui auprès du jeune Martial.

— La clim est en panne ou quoi ?! Parce que si ce n'est pas le cas, on pourrait peut-être la mettre en route, non ? Ça fait une demi-heure qu'on est coincés dans ce four. Les fenêtres ouvertes ne servent pas à grand-chose quand il n'y a pas d'air dehors ! Ce n'est pas si compliqué que ça d'appuyer sur un bouton, si ? Vous connaissez l'utilité d'une clim dans une voiture ?

— Moi, ça ne me gêne pas, hein, se défendit aussitôt le passager arrière. J'ai l'habitude. Dans la camionnette du patron, il n'y a pas la clim et personne n'en est mort... enfin, je dis ça, c'est sans mauvais jeu de mots, hein.

Sébastien releva les yeux au ciel. Il aperçut un léger rictus sur le visage féminin. Elle restait silencieuse, concédant pour seul mouvement, le coup d'œil furtif au rétroviseur. Garnier posa une nouvelle fois les yeux sur les vêtements de sa collègue. Toujours aussi étouffants. Les minutes défilaient avec une lenteur provoquant l'accumulation des perles de sueur sur le front de l'homme tentant l'apaisement. Le bruit du clignotant trancha le silence et la voiture s'engouffra dans un chemin à la largeur étroite. Après deux virages encerclés de bosquets, un énorme panneau bleu marine signala le petit patelin agrémenté d'une petite dizaine de maisons avec la cave Berchant en son centre.

— Merci, Madame ! À bientôt, Monsieur !

Ce dernier regardait Martial s'éloigner, curieux de la personnalité du jeune homme.

— Il a quel âge ce gosse déjà ? demanda-t-il machinalement.

— Dix-huit ans.

— Et qu'est-ce qu'il fout dans ce coin ?

Il tourna les yeux vers elle et, conscient de la portée de sa question, tenta une reformulation maladroite.

— Pitié. À dix-huit ans, ne me dites pas que vous n'aviez pas envie d'ailleurs ? De voir autre chose ? Vous savez ce que je veux dire.

—Aussi surprenant que ça puisse être, certaines personnes éprouvent du plaisir à vivre ici.

La voiture redémarra, coupant une nouvelle fois l'échange. Une nouvelle demi-heure passa avant qu'elle ne passe le panneau d'entrée de Sancerre, ville du poste, et le dépose au pied d'un hôtel de la ville.

— Votre logement. Votre vrai logement.

— Oh ! Un élan de pitié. C'est le moment où je vous remercie ? Ou votre chef vous a forcée à réviser votre comportement et vous vous êtes vengée en me privant d'air dans cette carcasse ?

Elle le fixa une poignée de secondes puis habilla son visage de courtoisie.

— Nonnnn. Ça n'a rien de personnel. Voyez-vous, la clim, moi, ça m'enrhume.

Elle émit un énième petit reniflement, rappelant la présence du rhume déjà envahissant.

— On ne va pas balader votre valise toute la journée. Déposez-la. Installez-vous. Changez-vous ! Vous me donnez chaud avec votre veste et votre cravate. Il fait quarante degrés, bon sang.

— C'est vous qui dites ça, rit-il en désignant le jean moulant et la chemise.

— Je suis pudique, sourit-elle.

Il souleva les sourcils. Était-elle sérieuse ? Il n'en savait rien. Elle était physiquement magnifique et avait l'air assurée. Il ne voyait là aucune raison d'éprouver une quelconque gêne ou honte à dévoiler un semblant de peau ou à se soucier des regards des autres. Il était même persuadé qu'elle s'en foutait totalement.

— Je vous attends dans le hall. On retournera au poste après.

Elle tendit la clé numérotée à son passager reconnaissant.

— Venez avec moi, suggéra-t-il, dans un excès de confiance.

— ??!!

— Je ne vais pas vous sauter dessus ! Vous n'allez pas attendre en bas. On doit travailler ensemble, non ?! Il va falloir que vous appreniez à me supporter plus de cinq minutes dans la même pièce. De plus, quelque chose me dit que toute seule dans le hall, vous perdrez très vite votre patience le temps que je me change.

Si son orgueil lui interdisait de céder, la température de la voiture risquait de la faire fondre et elle était obligée de concéder qu'attendre en bas l'énerverait au plus haut point. Il sortit sa valise de la voiture et il s'énerva silencieusement du nombre de fois qu'il avait dû le faire en peu de temps. Gabrielle le suivait, amusée.

— J'avoue que je suis plutôt surprise que vous n'ayez que ça comme bagage.

— Contrairement aux femmes, je n'ai pas besoin de cinquante mille trucs inutiles.

— Vous en connaissez un rayon en femmes, c'est impressionnant, ironisa-t-elle. « Madame Garnier » est restée à la maison ? Ça doit sacrément lui faire des vacances !

— Il n'y a pas de « madame Garnier ». La place est libre si elle vous intéresse, dit-il, provocateur.

Et effectivement elle éclata de rire et il sourit à ses propres dépens. Il s'engagea dans l'hôtel visiblement plus luxueux que ce à quoi il s'attendait.

— C'était le seul disponible. Et au fait... il est à votre charge, annonça Gabrielle en tapotant la pancarte spécifiant qu'il était quatre étoiles.

Il la suivit, peu surpris, jusqu'à la chambre donnant sur une piscine, avec pour panorama une immense étendue de vignes et champs superbement vallonnée aux couleurs harmonieuses. Il déposa sa veste sur le dossier d'une chaise faisant face à un bureau au bois foncé et le reste de ses affaires sur le grand lit. Après une brève visite de la chambre dominée par le rouge des murs et de la spacieuse salle de bain, il envoya une moue de satisfaction à Gabrielle.

Il ouvrit sa valise devant elle, sortit l'ordinateur aussitôt branché à la première prise trouvée et cria victoire à la connexion au réseau WiFi de l'hôtel. Agissant comme s'il était seul dans la pièce, il ouvrit sa boîte e-mail tout en se déshabillant. Apparemment, lui, la pudeur n'était pas son problème. D'abord surprise par la façon familière qu'il avait eue à se dévêtir devant une personne qu'il connaissait à peine, elle tourna les yeux. Un léger sourire apparut sur le visage masculin. Elle n'avait pas feint sur sa pudeur. Il se délecta de la gêne de la jeune femme en écartant la chaise pour y poser la cravate qu'il ne supportait plus et la chemise noyée sous la transpiration.

— En tout cas, on s'agite sur les réseaux sociaux du coin, constata-t-il à la lecture des actualités de la région. C'est même étonnant que nous ne soyons pas envahis par plus de curieux que ça.

— Tout le monde se connaît ici. Les photos circulent et les informations aussi, ne vous leurrez pas là-dessus. La campagne est un réseau social à part entière.

— Tu travailles ici depuis toujours ?

Elle releva les sourcils sous le tutoiement et l'aperçut sourire dans le reflet de l'écran.

— Je suppose qu'à Paris, vous obtenez toujours ce que vous voulez ?

— Gab… je suis là pour bien plus que trois semaines. Ne sois pas vache et je te promets de ne pas me comporter en petit con prétentieux.

— Chassez le naturel et il revient au galop.

— Tu crains que Richard ne t'accuse de sympathiser avec l'ennemi ?

— L'ennemi !? rit-elle. C'est un bien grand mot en ce qui vous concerne. Je suis curieuse de savoir ce que quelqu'un dans votre genre fait ici. Vous avez dû faire une sacrée boulette.

— C'est moi qui ai demandé à venir ici.

— Que s'est-il passé ? On vous a refusé une promotion ou le dernier uniforme à la mode ?

— J'ai dû annoncer à une famille pourquoi leur enfant avait subi le viol d'un homme que j'avais arrêté deux fois auparavant.

L'expression sur le visage de Gabrielle changea sur le coup. Un long moment de silence suivit. Il espérait qu'en étant honnête sur sa venue ici, elle baisserait les armes obstinément pointées sur lui depuis son arrivée.

— Je sais qu'il sera relâché encore une fois et je sais, oui je suis certain de ce qui va se reproduire à ce moment-là. Je ne suis pas psy, je ne suis pas juge, mais je n'ai pas non plus la patience de regarder ça éternellement. Alors oui, je voulais la tranquillité. Mais j'aimerais que ce sujet ne soit pas évoqué au poste et je n'en veux pas un étalage sur la voie publique.

Il avait pris une expression beaucoup plus sérieuse, mais aussi beaucoup plus douce et elle en fut surprise. Même s'il fit mine de ne pas y porter plus d'attention que ça, il savait que le mutisme persistant de sa collègue n'avait rien à voir avec du dédain, mais un mélange de cette fameuse pudeur et de respect. Devant le malaise provoqué par son aveu, il s'assit sur le lit lui faisant face.

— Mes amis et ma famille étaient inquiets. Pour eux, j'ai voulu prendre ce changement sur un ton léger et avec humour. Je ne sais effectivement pas combien de temps je resterai ici, mais j'ai bien l'intention de me changer les idées. C'est le but.

Il plongea les yeux dans ceux de sa collègue et la supplia presque avec tendresse.

— Sois mon ange, Gabrielle.

Il soutint le regard chocolat cherchant à scruter son âme. Elle se méfiait de ce qu'il disait et il n'en fut pas surpris outre mesure. Une poignée de secondes paraissant une éternité défila alors avant qu'elle ne rouvre la bouche, l'assurance retrouvée.

— Le numéro du beau gosse, torse nu et torturé... il marche sur les midinettes de la capitale ?

L'air de défi et le ton employé ressemblaient plus à une gentille perche destinée à chasser la lourdeur des dernières confidences.

— Vous aviez le choix sur le poste. Il y en avait d'autres qui s'étaient proposés pour l'échange. Des biens plus près de chez vous, bien plus « civilisés » pour vos pauvres souliers.

— C'est si catastrophique pour vous ma venue ici ?

— Vous ne répondez pas à la question.

— Tu n'as répondu à aucune des miennes. Une confidence contre une autre confidence...

— Vous avez cinq minutes pour finir de vous pomponner « Princesse », après on décolle. Même en campagne, il y a de la paperasse à gérer et des rapports à remplir.

Elle détourna les yeux, alluma la télé, signe pour elle que la conversation était terminée. Sans grosse surprise, les gros titres de la chaîne régionale évoquaient le meurtre de Bué contrairement aux chaînes nationales pour qui la campagne n'existait pas.

Sébastien observait sa collègue du coin de l'œil, cherchant à savoir si elle s'intéressait réellement à ce qu'elle regardait ou si ce n'était qu'une excuse pour ne pas parler davantage. Elle semblait vraiment s'accommoder d'une certaine solitude.

Il se rafraîchit la nuque en passant un peu d'eau froide, sortit une chemise propre, l'enfila lentement en relevant les manches et laissant les premiers boutons ouverts pour laisser passer l'air rare. Il se délectait de la première vraie pause qu'il avait depuis son arrivée et Gabrielle s'était éteinte dans la chaise, l'air concentré. Il jeta un œil sur son écran qui affichait désormais un nombre phénoménal d'e-mails cumulés de ces trois derniers jours. Aucun ne provenant de Reyann. Aucune vraie surprise, mais des questions continuaient de tourner en boucle dans sa tête.

— Prêt ?

La voix le sortit de ses pensées, bien qu'à aucun moment il n'ait oublié qu'elle se trouvait derrière lui.

— Tu devrais déjà avoir mis la clim en route, taquina-t-il.

Elle sortit gentiment exaspérée et sans un mot, le satisfaisant de la réaction qu'il avait volontairement cherchée.

Arrivé au poste, il put enfin visiter les locaux. L'espace sobre fait de meubles pâles, aux plans de travail dégagés et le peu de classeurs étalés dessus laissaient penser que le travail n'était pas aussi dense et bordélique que chez lui. Il scruta les collègues féminines alentour espérant y reconnaître le profil qu'il recherchait, mais en vain. L'endroit était presque désert. La gendarmerie se trouvait légèrement à l'écart de la ville, dans une rue descendante et la vue était imprenable sur les terres alentour. Julien était prostré sur son ordinateur, entouré de deux piles imposantes de paperasses devant le regard hilare de Richard. Ce dernier se retourna sur leur arrivée.

— Tu en as mis du temps, mon ange ! Tu as fait le coup de la panne au petit nouveau ou tu t'es encore perdue entre chez toi et ici ? Garnier, méfiez-vous ! Elle a un sens de l'orientation catastrophique. Vous savez quand vous partez de quelque part, mais jamais quand vous arrivez !

— Et pourquoi ne resterions-nous pas sur le coup de la panne, Richard ? proposa Sébastien.

— Non, en fait, vous n'êtes pas son genre. Elle les aime virils et à moustache ! rit-il.

— Tu peux toujours rêver « *Magnum* » ! se moqua la principale concernée. Où en es-tu de ton avocate disparue ?

— Elle est partie du parking derrière la médiathèque de Cosne à vingt heures trente et on peut suivre son trajet sur les Fouchards puis la route de Bannay direction Sancerre. Il s'arrête exactement où nous avons retrouvé sa voiture. Elle n'est jamais arrivée au repas où elle devait se présenter à vingt et une heures alors qu'elle avait eu un de ses associés au téléphone le prévenant qu'elle arrivait au moment de quitter son cabinet. Et si je dis qu'on pouvait suivre son trajet, c'est au sens littéral. Un joli trou sous la voiture a semé son contenu tout le long de la route. Suffisamment petit pour qu'elle puisse faire un peu de route, mais pas suffisamment pour qu'elle arrive à destination. On a interrogé la compagnie d'assurance se chargeant des pannes pour savoir si elle les avait contactés. Il y a une trace de son numéro, mais elle n'a pas attendu la fin de la musique d'attente *a priori*. Ensuite plus rien. Pas de traces de bagarres. Pas de traces d'autre voiture qui aurait freiné trop brusquement. Quelqu'un a dû tout bêtement s'arrêter, lui proposer de la déposer et elle a dit oui !

— Elle le connaissait ou alors il semblait de confiance.

— Le souci est que d'après le garage, la perforation sous la voiture, elle, n'a rien d'accidentel et que la personne qui l'a récupérée ne l'a jamais déposée au restaurant. Donc nous sommes joyeusement en train d'éplucher tous les dossiers de personnes à qui elle a eu affaire au cours de sa carrière et qui pourraient lui en vouloir. Est-ce que je t'ai déjà dit qu'elle était avocate ?!

Gabrielle se contenta d'un rire moqueur en tapotant l'épaule de Julien qui avait hérité d'une bonne partie des fameux dossiers.

— Le bizutage se passe bien, Julien ? demanda, souriant, Sébastien.

— Oui, monsieur. Ça fait partie du boulot, hein.

— Sébastien ! Pas monsieur. Je n'ai pas encore l'âge de Richard.

Le môme étouffa un rire et Richard releva le sourcil sous le culot de la dernière recrue.

— Et sinon… votre enquête a vous ?

— Aucun avancement en ce qui concerne la gamine, déplora Gabrielle.

Richard se releva, frôla fièrement l'épaule de Sébastien pour s'approcher de sa comparse.

— Ça pourrait peut-être t'aider pour l'histoire du bûcher, c'est déjà ça.

Il posa un dossier fraîchement faxé de l'hôpital de Tours et désigné comme le rapport d'autopsie de la victime du champ.

— Ils ont fait vite, s'étonna-t-elle.

— Ils ont fait le rapport avec une femme portée disparue depuis peu et ont comparé les dossiers dentaires.

Sébastien se pencha au-dessus de l'épaule de Gabrielle pour lire les résultats. Il l'avait visiblement écoutée. Le parfum sentait bien moins fort, laissant la place à une odeur corporelle aussi entêtante. Elle s'écarta machinalement.

— Ghyslaine Bernard, quarante-sept ans, assistante sociale... et brûlée vive, releva Gabrielle à voix haute.

— Vous savez ce que ça veut dire mes deux gros malins ?! testa Richard. Ça veut dire que si vous n'avez rien d'évident dans l'entourage, vous allez devoir faire le tour de tous les dossiers litigieux dont elle s'est occupée au cours de sa carrière. Qui aura le plus gros tas de paperasses ?

Il se rassit, amusé, devant les deux visages perplexes.

— Une gamine de dix-neuf ans tuée et poussée sur une voie ferrée dans une voiture en feu, une avocate enlevée après qu'on a trafiqué sa voiture et une assistante sociale brûlée vive sur un bûcher en plein milieu des vignes... heureusement qu'on est dans un patelin tranquille, marmonna Sébastien.

La journée défila, noyée sous les formalités, l'annonce à une famille d'un décès dans d'horribles circonstances, le tour du voisinage, la tentative de retracer un semblant de trajet et pour finir la bataille avec l'administration pour obtenir les dossiers en charge de Ghyslaine. Les piles ne semblaient diminuer ni sur le bureau de Julien ni sur le bureau de Gab et Garnier. Ce dernier, ayant hérité d'une chaise de fortune pour se placer face à sa collègue de travail, en faisait grincer les pieds depuis un bon moment, irritant la jeune femme.

— Pitié ! Arrêtez de gigoter !

Il stoppa net, souriant de l'agacement de Gabrielle.

— Tu es sur les archives informatiques depuis tout à l'heure alors que je me tape les papiers mélangés ! On pourrait peut-être échanger un peu !

— Oh ! Monsieur trouve la situation injuste et fait grincer sa chaise en guise de mécontentement ! Je ne voudrais pas que vous finissiez votre journée en boudant ! De toute façon, il est tard et j'ai besoin de rentrer chez moi. Nous continuerons ça demain.

— Je vais rester encore un peu.

— Faites comme vous voulez, mais soyez en forme demain matin ! Nous allons à l'enterrement d'Inès Lormeau. C'est le meilleur moyen de voir qui l'entourait vraiment.

— Oui, maman, rétorqua-t-il en prenant place devant l'ordinateur.

Elle se planta devant lui, le regard mauvais et il répondit avec son sourire le plus aimable en glissant une carte dans la poche de sa veste.

— Pour communiquer... mon numéro de portable, ça peut servir. Je me suis permis de prendre le tien. Mais ne t'en sers pas pour m'envoyer des sextos, hein ! À moins qu'on utilise encore du papier à lettres dans votre coin !

— Pauvre mec, se contenta-t-elle de répondre, le ton coincé entre l'amusement et le désespoir.

Amusé, il la regarda sortir de la pièce.

— Je lui donne une semaine pour vous en coller une sur la figure, paria Julien, seul depuis un moment sur ses dossiers.

— On parie cinquante euros ?

— Ça marche pour moi !

— Richard n'était pas censé revenir « dans cinq minutes » ?

— Richard revient toujours « dans cinq minutes », répondit-il blasé.

— Je vais nous chercher quelque chose à boire et juste pour les faire rouspéter, ce soir, on résout nos affaires respectives !

— Vous êtes vachement optimiste… mais je veux bien un café. Corsé, merci !

Après un demi-litre de caféine et un bon moment à se frotter les yeux devant l'écran d'ordinateur, Garnier céda à la curiosité et tenta un petit interrogatoire de fortune auprès de son jeune coéquipier. La fameuse Reyann s'était déclarée agent à cet endroit. S'il n'y avait pas eu mensonge, Julien, même nouveau, était à même de savoir combien de femmes travaillaient dans ce petit poste.

— Il y a toujours aussi peu de monde qui travaille ici ?

— Il y a rarement des meurtres, ici.

— C'est ce que j'ai cru comprendre… et tant mieux, mais… vous êtes quand même plus que ça à travailler et vivre dans cette caserne et… je ne vois personne.

— Il y a plus d'allers-retours que ça dans la journée, mais nous ne sommes pas si nombreux non plus. C'est une petite caserne, il y a peu de logements et certains ont des maisons à l'extérieur.

— Beaucoup de femmes ?

Julien laissa échapper un petit rire à la question.

— Vous… tu cherches à te caser avec une collègue du coin ou c'est juste pour…

Le gosse mima un geste qui mit Garnier mal à l'aise.

— Ce n'est pas ce que je voulais dire, non…

Il chercha un moment comment présenter le problème sans pour autant trop en dire.

— J'ai rencontré une femme sur un site il y a quelques mois qui m'a dit qu'elle travaillait ici et…

— Eh bien vous avez son nom alors…

— Non. C'est compliqué. Ce n'est pas grave, laisse tomber. On va se remettre un peu aux dossiers, OK ?

Garnier se reconcentra sur le bureau devant lui. Gabrielle n'était pas matérialiste. Sur certains bureaux trônaient des photos de famille, des petits objets divers clairement personnels. Sur le sien, tout était propre, lisse, bien organisé. Le mystère Gabrielle Lorcat ne serait pas résolu grâce à son espace de travail.

Julien persévéra deux heures de plus puis céda à la fatigue. Les yeux louchaient sur les dossiers qui défilaient sur l'écran devenu beaucoup trop lumineux.

Sébastien, lui, s'était fixé comme objectif d'impressionner sa collègue en mettant le doigt sur un élément qui leur permettrait d'avancer.

Gabrielle était rentrée chez elle, exténuée, mais ravie. Le parfum d'une bougie marquée « fruits des bois » trônant sur le buffet de l'entrée embaumait la pièce et elle se souvint avoir oublié de l'éteindre le matin même avant de partir. La mèche persistait à survivre dans le peu de cire restant dans le fond du récipient en forme de bocal à confiture. Elle saisit le pot machinalement et fixa la flamme comme hypnotisée. Une si petite flamme. Puis, reprenant ses esprits, elle replaça l'objet, lança ses souliers sous le portemanteau et se laissa tomber sur le divan au milieu du salon. Au travers de la porte-fenêtre, elle pouvait voir Bué, étrangement calme, étrangement sombre. Les éclairages de l'église et de la place principale étaient éteints et il lui sembla, pour la première fois, être vraiment seule au monde. Après une profonde inspiration et un étirement destiné à soulager ses articulations fatiguées, elle tendit les bras jusqu'à l'ordinateur portable posé sur sa table basse. Elle alluma la télé dans la foulée. Elle ne la regardait jamais vraiment, mais ressentait le besoin d'un bruit de fond, quelle que soit son activité dans la maison. Si elle se satisfaisait de la solitude, le silence, lui, l'ennuyait. Un nombre important d'e-mails non lus s'afficha sous ses yeux. Sa meilleure amie, Sabine, était à elle seule la source de six des dix derniers messages. Gabrielle culpabilisa du manque de temps et de proximité dont elle faisait preuve parfois. Quelqu'un frappa à la porte et elle sursauta.

— Tu sais, au bout de six messages sans réponse, j'aurais très bien pu appeler les pompiers, les urgences, tous les services hospitaliers de la région !

Sabine, trentenaire, fausse blonde, comptable de profession et bien délurée, passa la porte sans attendre le consentement, balança sa veste sur le dossier du divan et brandit deux boîtes de pizzas gigantesques avec un litre de Coca-Cola.

— Tout est light, bien sûr ! s'exclama-t-elle.

— Et mon téléphone, non ? Avant d'ameuter toute la France, c'est quelque chose que tu pourrais envisager d'essayer.

— Tu ne réponds jamais au téléphone ! Il faudra un jour que tu fasses l'effort de te civiliser ! Et maintenant, à table ! J'ai faim.

Elle déposa ses colis sur la table en repoussant l'ordinateur. Un coup d'œil sur le contenu affiché la fit sourire.

— Je ne sais pas qui est cette chieuse qui s'appelle « Sabine » et qui n'arrête pas de t'écrire, mais tu pourrais peut-être lui répondre un jour, plaisanta-t-elle.

— Désolée, j'ai manqué de temps, j'ai des affaires plutôt bizarres sur le dos en ce moment et un nouveau collègue dans les pattes.

— Canon ?

— Je suppose qu'on peut dire oui.

— Tu « supposes » !? Quand on arrive à un stade où on arrive plus à remarquer ce genre de chose, c'est qu'il y a un souci tu ne penses pas ?

— Il a une vision plutôt prétentieuse de la « France profonde » si tu vois ce que je veux dire.

— Un con.

— Quatre-vingt-dix pour cent du temps, oui.

— Il est moche ?

— Tout ne tient pas au physique !

— Ben quand même un peu si. Tu devrais t'amuser un peu de temps en temps. Regarde ta tête ! Regarde tes fringues ! Il te faut un homme !

— Pour quoi faire ?! s'énerva gentiment Gab connaissant déjà la réponse.

Sabina afficha un sourire pervers et Gab releva les yeux au ciel. Elle n'avait pas besoin de ça. Sabine, elle, était plus libérée. C'était une amoureuse de la première flamme, de la première rencontre. Un cœur d'artichaut qui collectionnait les conquêtes d'un soir et envoyait les rapports des soirées dans la foulée à sa meilleure amie. Tous les détails y passaient. Des plus « communicatifs » au lit, aux plus fainéants, des plus rapides aux plus pénibles... Sabine avait fini par s'enticher d'un jeune hippie et tenait pour l'instant la distance. Gab avait gagné un peu de répit dans l'inventaire de tout ce qui se faisait sur un marché qui ne l'intéressait pas. Restée sur l'échec de ses premières relations courtes et peu intéressantes, elle n'avait pas souhaité renoncer à ne serait-ce qu'une once de liberté ou d'une part d'elle-même dans un nouvel échange inconsistant. Elle avait refermé la coquille d'une façon telle qu'elle ignorait elle-même comment la rouvrir. Il lui arrivait quelquefois d'envier l'insouciante Sabine.

— Et à Paris, ça s'est passé comment ? interrogea Sabine.

— Fatigant.

Elle coupa court la conversation.

— Ton nouveau collègue canon, il est célibataire ? Je demande au cas où parce que moi les relations d'adultes ça ne me fait pas peur... contrairement à certaines personnes ! Je peux te le dévergonder un peu le petit citadin si tu veux !

— Attends... Tu n'es pas en couple en ce moment toi à l'origine !?

— Eh bien si tu prenais le temps de te tenir informée et de lire tes e-mails, tu saurais que ce n'est plus le cas ! J'ai mis les points sur les « i » à ce petit rigolo.

— Ce petit rigolo avec qui tu vivais depuis deux mois et qui était propriétaire de l'appartement si je me souviens bien.

— Tu as mis le doigt sur le problème, très chère amie ! Et comme tu sais les rapports que j'ai avec mes parents, que j'adore soit dit en passant, mais à condition de ne pas vivre sous le même toit, je me suis dit... tiens... ma meilleure amie de toujours à une chambre d'ami qui n'a jamais vu la couleur d'un ami !

— C'est fou tout ce que tu peux te dire.

— C'est vrai, hein… ça ne te dérange pas que je squatte ici quelque temps !? Le temps de retrouver un appartement.

Une moue de bébé sur le visage eut raison du peu d'objection de Gabrielle. Les deux femmes se connaissaient depuis la première année de lycée et ne s'étaient plus jamais quittées. L'excentricité de Sabine associée à son bon cœur avait toujours amusé l'agent et elle se vantait d'être la seule personne à voir son originalité comme une qualité, une bouffée d'air frais au milieu de l'ultra-conformisme qu'elle croisait trop souvent. Elle avait intégré la demoiselle dans le cercle plus que privé de la famille qu'elle s'était elle-même choisie et dont elle était la seule membre.

Sabine jeta un sac à dos au pied de la table de la cuisine et fouilla le meuble rempli de DVD. Gabrielle releva les yeux au ciel. La nuit allait être longue. Laissant à l'envahisseuse la corvée de préparer la séance cinéma, Gabrielle plongea dans les réseaux sociaux un instant. Malgré les précautions des équipes, des petits curieux avaient visiblement réussi à prendre des photos du personnel et de l'espace environnant le bûcher. Elle se focalisa sur un cliché la montrant au côté de Garnier. Il affichait un regard étrange qu'elle n'avait pas perçu le jour même. Elle voyait presque de la peine dans les yeux de l'homme ayant avoué chercher de la tranquillité en venant ici. Il ne l'aurait pas. Elle en fut désolée. Derrière le caractère trop fier qu'il affichait, il avait sûrement fallu une sacrée remise en question pour qu'il prenne cette décision de départ.

Un énième visionnage du *Titanic* eut raison de sa fatigue. Elle ne savait plus si Sabine s'était endormie avant elle, les restes d'anchois de la pizza collés sur la joue, ou si elle l'avait précédée, mais la sonnerie du portable les réveilla en même temps.

— La vache… ils t'appellent souvent à cette heure-là ? maugréa Sabine.

— Non pas vraiment. Garnier !? J'espère que c'est urgent ou je vous tue !

— Les vignes à Bué. Tout de suite !

— Les vignes à Bué !? Mais lesquelles ?!

— Celles qui sont en train de brûler avec un bûcher au milieu !

Elle raccrocha précipitamment, renfila ses chaussures et prit la première veste à proximité.

— Qu'est-ce qu'il se passe ?

— Finis ta nuit tranquille. Je ne reviens pas tout de suite, je te laisse les clés.

4

Si rouler de nuit n'avait jamais gêné Gabrielle, en revanche, rouler de nuit au milieu de la fumée était une autre histoire. Très peu de chemin l'approchait de Bué, le nuage annonciateur de malheur rendait la route invisible. Même un natif de la région aurait été bien incapable de se repérer. Au milieu de l'épais brouillard, des lumières vives clignotaient et les premiers collègues et pompiers signalaient l'« incident ». Elle stationna la voiture du côté opposé du champ en flammes et tenta de rejoindre Sébastien qui lui faisait signe un peu plus loin à côté d'un immense camion rouge.

— J'étais encore au poste quand ils ont appelé le commandant, dit-il, devançant la question que sa collègue poserait sans nul doute. Ils sont venus à bout du foyer principal il y a une heure. Ils sont sur l'autre côté de ce qui devait être un bosquet et qui a pris dans la foulée. Le bûcher est là-haut. Personne ne veut qu'on approche pour l'instant, mais il y a assurément quelqu'un dessus. Deux pompiers sont dans l'ambulance à moitié choqués.

— Qui a prévenu du feu ?

— Une femme a manqué de se faire sortir de la route par une voiture qu'elle est pour l'instant incapable de décrire. Elle s'est retrouvée avec une roue dans le fossé en cherchant à l'éviter. Il n'y a pas eu de collision, inutile de chercher des traces d'impact. Elle a juste eu un mauvais réflexe et est descendue pour voir si elle pouvait repousser son véhicule sur la route. Le feu ne l'avait pas trop étonnée, elle n'est pas du coin, elle a cru que quelqu'un faisait brûler des branches ou je ne sais quoi. Mais les hurlements, eux, l'ont bien surprise. Elle était choquée et le brasier était à un stade déjà beaucoup trop avancé pour qu'elle puisse faire quoi que ce soit. En panique, elle a appelé tous les numéros d'urgence. Elle se trouve, traumatisée, dans la deuxième ambulance.

Ils fixèrent un moment le triste théâtre devant eux, impuissants et écœurés.

— Ça va ? s'inquiéta Sébastien devant le silence de Gabrielle.

— Je suppose que là, tout de suite, je ne suis pas celle qui soit le plus à plaindre. Bon sang, on a un taré sur le dos. Il faut être un vrai fou furieux pour brûler des gens de sang-froid. J'ai… Je n'ai pas entendu les sirènes !

Elle arrêta sa phrase dans un murmure, visiblement choquée. La personne sur le bûcher hurlait. Cet état de fait ne sortait plus de sa tête. Elle était vivante lorsque son corps s'est embrasé. Combien de temps était-elle restée consciente alors qu'elle se consumait ? Un manteau se posa sur ses épaules sans qu'elle réalise qu'il venait de son collègue. Sébastien la saisit par le bras, l'éloignant de la fumée et des cris des soldats du feu cherchant à s'organiser. Elle reprit son souffle.

— C'est le manque de sommeil. Je me suis levée un peu vite, je crois, s'excusa-t-elle.

— Je ne pense pas qu'une justification soit nécessaire devant ce genre de chose. Je ne me sens pas vraiment à l'aise non plus et heureusement. Si tu ne ressentais rien, je me poserais des questions sur ton état mental.

Il patienta un moment un bras autour d'elle, caressant l'épaule de sa main. Plus un geste de compassion qu'une tentative de contact mal placée. Elle le perçut sans problème.

— Bordel !

Une série de jurons suivit sans que la fumée omniprésente ne permette de voir tout de suite de qui elle venait. Les pas lourds approchèrent précipitamment des officiers faisant la circulation. La voix était familière.

— Non, mais ils se foutent de ma gueule !!

Gabrielle reprit ses esprits en reconnaissant le propriétaire de la première parcelle brûlée. Berchant se prenait la tête, ulcéré, criant à la vengeance.

— Ça serait une sacrée coïncidence. Avec toutes les vignes mélangées les unes aux autres sur des kilomètres… les deux lui appartiennent. On n'a peut-être pas cherché du bon côté. On était seulement fixés sur la victime et la façon dont elle a été tuée, mais pas au choix du lieu.

— Il n'y a pas qu'un seul lien en fait, annonça Sébastien. En fouillant les dossiers de l'assistante sociale, j'ai découvert qu'elle avait traité le cas d'une certaine Inès Rachard avant qu'elle ne soit adoptée par les Lormeau. Soit c'est aussi une sacrée coïncidence, soit les morts d'Inès, de Ghyslaine et de la personne en face de nous sont liées.

— Vous êtes venu ici pour quoi déjà ? La tranquillité, hein ? se reprit Gabrielle.

Le commandant s'approcha.

— Les techniciens n'arriveront pas avant deux heures, le temps que l'air soit plus sain et le feu arrêté. Rentrez chez vous. Gabrielle, tu peux déposer Garnier ?

Elle acquiesça. Il n'y avait rien à faire pour le moment. La nouvelle victime ne serait pas identifiable de suite et il n'y avait rien à obtenir de Berchant ou de la conductrice dans l'état où ils se trouvaient tous deux. Les officiers présents géraient la colère du premier tandis que les infirmiers géraient le traumatisme de la deuxième.

Le trajet se fit silencieusement. Plus choquée, mais perdue dans ses réflexions, Gabrielle ne prêta pas attention aux yeux fixés sur elle. Elle s'était rhabillée à la hâte. La chemise plus déboutonnée qu'à l'ordinaire laissait percevoir la naissance de ses seins. Il se surprit à laisser son imagination divaguer, bien plus exacerbée par le fait qu'elle ne montre pas grand-chose que si elle en avait trop dévoilé. Il se ressaisit rapidement, culpabilisant de penser à ce genre de choses à un moment pareil.

— Vous ne repartez pas tout de suite. Faites une pause, conseilla-t-il.

— Je n'habite pas à quinze kilomètres d'ici, je n'ai pas long de trajet. Vous avez moins dormi que moi.

— J'ai l'habitude aux nuits courtes.

— Vous êtes insomniaque ?

— Non. J'ai longtemps travaillé de nuit et ne me suis pas vraiment réadapté aux horaires normaux. Posez-vous cinq minutes à l'hôtel. Vous buvez une boisson fraîche, vous soufflez et je vous laisse repartir. Mais là, vous êtes en train de fermer les yeux en conduisant. Vous devez prévenir quelqu'un de votre absence chez vous ?

— Non. J'héberge une amie en ce moment, mais elle ne m'attend pas.

— Personne d'autre ? Pas d'enfants ?

Aucune photo sur son bureau ne montrait trace de famille, mais peut-être était-ce une façon de séparer le professionnel du personnel.

— Non, se contenta-t-elle de répondre.

— Moi non plus, répondit-il sans être certain que ce fait l'intéressait, mais ne souhaitant pas donner l'impression d'une conversation à sens unique. Ta famille est dans le coin ?

Elle se tourna vers lui, le sourire aux lèvres et il mit peu de temps à en déchiffrer la signification. Il avait déjà tenté l'échange sans succès. Il tenta une deuxième fois et elle lui envoya le même message.

Arrivée à destination, Gabrielle semblait déjà dormir éveillée en traversant le couloir menant à la chambre. Le temps que Sébastien sorte un soda du frigo, elle s'était assoupie sur la chaise de bureau. Il reposa la boisson au frais et couvrit sa collègue avec le dessus-de-lit. Il se plaça devant son bureau, étonné par le calme de Gabrielle. Il éprouvait une certaine fascination à la voir autrement que sur ses gardes. Après avoir fait le tour de ses e-mails sur l'ordinateur ouvert, la fatigue le gagna aussi, le laissant s'endormir tout habillé et imprégné de l'odeur de fumée.

Les rayons du soleil traversèrent la fenêtre et réchauffèrent le visage de Gabrielle. Un bruit d'eau coulant dans la salle de bain attira son attention. Elle ne se souvenait que d'avoir cligné des yeux et être passée de la veille au soir à ce moment en quelques secondes à peine. L'odeur de fumée froide venant de ses vêtements la fit grimacer et elle posa les coudes sur le bureau devant elle, se frottant les yeux encore fragiles des vapeurs agressives.

L'écran d'ordinateur devant elle donnait sur les messages de Sébastien. Piquée par la curiosité, elle balaya les noms et sujets des messages sans pour autant pousser le vice à les ouvrir. « Yvan » revenait régulièrement. Suffisamment en fait pour qu'elle ne se pose des questions sur l'orientation sexuelle de son collègue jusqu'au moment où un dossier attira son attention : « Reyann ».

Les yeux écarquillés et désormais bien réveillée, elle voulut cliquer sur le prénom, mais l'eau arrêta de couler et elle reprit rapidement sa place. Il rentra dans la pièce, juste habillé d'une serviette de toilette et non surpris de la voir réveillée.

— Il est quelle heure ? demanda-t-elle.

— Six heures. Nous ne sommes pas en retard. Tu veux sûrement qu'on passe chez toi pour te changer avant l'enterrement d'Inès. Ton téléphone a sonné il y a cinq minutes. Je me suis permis de répondre, j'ai pensé qu'il s'agissait de quelqu'un qui s'inquiétait. Sabine t'attend. Elle a l'air charmante.

— Vous ne manquez vraiment pas de culot !

— Et c'est quelqu'un qui regardait mes messages il y a deux secondes encore qui me dit ça. Moi, j'ai pensé bien faire, répondit-il amusé.

Visiblement vexée d'avoir été prise à son propre jeu, elle se releva, excédée, cherchant une porte de sortie.

— Ne pensez plus ! Et ne répondez plus à mon téléphone ! Et on n'a pas élevé les cochons ensemble alors ne me tutoyez pas ! Là, je rentre chez moi, je me douche, je me change et je reviens vous chercher. Soyez prêt ! Nous réglerons dans la journée cette histoire de voiture de prêt ! Cela m'évitera de vous balader partout !

— Gabrielle…

— QUOI !?

— Fallait me dire que tu n'étais pas du matin, je t'aurais préparé un café.

— Pauvre…

— … mec, oui je sais ! coupa-t-il en riant.

Gabrielle se réjouissait d'habiter en dehors du poste avec ce recul qu'elle trouvait nécessaire. Arrivée chez elle, Sabine s'empiffrait de céréales trempées dans un lait qu'elle se souvenait avoir ouvert depuis bien trop longtemps.

— Ton lait est dégoûtant.

— Et tu continues à le boire quand même…

— J'ai faim et il n'y a plus de pizza. Tu es au courant que ton frigo est vide ? Et tu pues la fumée, c'est infect !

— Ça fait beaucoup d'informations négatives d'un coup dès le matin tu ne crois pas ?

Gabrielle se dirigea vers la salle de bain, se débarrassant des habits odorants et mis la douche en marche. Elle se délecta de la fraîcheur de l'eau sur sa peau fatiguée de la chaleur. Les mains savonneuses glissant avec douceur sur un corps étrangement nerveux. Elle s'était endormie dans la même chambre que ce fumier de Garnier et il n'avait rien tenté. Ou il était plus respectueux qu'elle ne le pensait ou elle n'avait rien d'attirant. Elle plissa le front, réalisant que la remise en question était ridicule. Elle s'en foutait après tout. Qu'il la regarde ou non, qu'il la considère comme une plouc de la campagne ou pas, rien de ce qu'il pensait ne devrait la soucier. L'imaginer nu contre elle, en elle, était une pensée répugnante d'un quart de seconde vite balayée. Sabine lui aurait sûrement balancé « il n'est là que pour peu de temps ! éclate-toi ! ça ne coûte rien ! ».

— Il a une voix sexy le petit Sébastien…

Gabrielle passa la tête derrière le rideau de douche et lança un regard noir à son amie, appuyée sur le lavabo avec son bol de céréales.

— Jamais tu ne te reposes toi !? Vous vous êtes passé le mot ce matin ou quoi ?

— Il m'a demandé pourquoi tu revenais de Paris.

L'eau se coupa net et l'agent tira le rideau brusquement.

— Attends… vous vous parlez pour la première fois ce matin parce qu'il décroche MON téléphone, tu ne le connais de nulle part et vous vous tapez la causette sur ma vie privée comme si on se connaissait tous depuis le berceau !?

— Ben, il avait l'air sympa et tu m'avais dit que c'était ton nouveau collègue !

— Mais vous avez passé combien de temps au téléphone au juste ?!

— J'ai appelé parce que je m'inquiétais, figure-toi ! Il décroche gentiment, se présente, m'explique vaguement la situation… il ne m'a rien dit de l'affaire, très pro ! Et là il me demande si je suis ta sœur, alors je lui dis non et que je suis ta meilleure amie. Alors là, il me demande si tu es toujours aussi remontée contre les gens ou si ça vient de ton séjour à Paris. Moi j'ai cru que c'était toi qui lui avais dit que tu en revenais et…

— … et tu lui as dit quoi ?

— Je lui ai dit que je le trouvais bien curieux et il a laissé tomber.

— Tu as finalement du bon sens. Je suis agréablement surprise. Tu t'assagis en vieillissant.

— Et toi tu pues toujours autant ! Retourne sous la douche, lança Sabine avant de repartir dans la cuisine.

Dix heures sonnaient au clocher de l'église de Bué et le corbillard n'était toujours pas arrivé. Garnier observait la petite place. Le monument religieux lui faisait face. De l'autre côté, un bistrot plein, un petit hôtel et quelques arbres entourés de fleurs rendaient l'endroit élégant. Malgré les occupants du troquet, le seul bruit audible était celui des oiseaux.

— Toujours fâchée pour ce matin ? interrogea l'homme faussement inquiet.

— Si je n'en ai pas parlé dans la voiture, c'est que je ne le jugeais pas nécessaire.

— Yvan est mon meilleur ami.

— Je ne vous demande rien.

— Je sais, mais vu que j'ai passé cinq minutes au téléphone avec la vôtre, on peut dire que nous sommes quittes.

Il avait repris le vouvoiement et elle le dévisagea, cherchant à savoir s'il provoquait gratuitement ou s'il tentait réellement de s'excuser. Il mimait la bouille d'un enfant de quatre ans cherchant à se faire pardonner et elle ne put réprimer un sourire qu'elle tenta de dissimuler en tournant la tête. Trop tard. Elle fronça les sourcils puis se retourna vers lui.

— Vous n'êtes pas énervé à l'idée que j'ai regardé vos messages ? demanda-t-elle, étonnée.

— J'ai survécu au logement perdu au milieu des champs, au voyage en tracteur pour mon premier jour de boulot et aux allers-retours dans votre voiture sans climatisation alors qu'on est en pleine canicule... J'ai décidé de relativiser. Et puis vous n'avez pas eu le temps de regarder grand-chose *a priori* et je n'ai rien à cacher. Il n'y avait que des messages de mon plus vieux camarade de classe et sûrement deux ou trois publicités.

— Vous n'êtes vraiment pas pudique, constata-t-elle.

— Au contraire, je le suis beaucoup trop d'après mes proches, s'amusa-t-il. Mais ici, personne ne me connaît, je ne risque pas grand-chose. Vous en revanche...

Elle se tourna vers lui, l'air mauvais.

— Quoi « moi en revanche » ?

Il sourit, laissant durer le plaisir devant le regard sombre.

— Vous l'êtes et j'avoue qu'après avoir trouvé ça désuet, finalement, c'est assez mignon.

— Ça me fait une belle jambe, souffla-t-elle.

Elle se tut, se surprenant à envier cette facilité de relâchement. Il continuait de la fixer un sourire au coin des lèvres, attendant une réplique censée lui clouer le bec une fois de plus. Elle inspira, fit une moue étrange et se redressa devant lui, feignant la déception.

— On ne se tutoie plus ?! C'est fou comme vous vous dégonflez vite finalement.

Les sourcils relevés, agréablement surpris de l'humeur joueuse, Sébastien afficha un large sourire. Elle fit quelques pas sur la petite place faisant face à l'église. La ville semblait morte.

— C'est toujours aussi bondé ici ? demanda Sébastien.

— C'est une petite ville et tout le monde se connaît. Ce sera assez vite agité dans peu de temps.

— Vous vous attendez à voir qui exactement à cet enterrement ?

— Tout le monde.

— Vous pensez que celui qui l'a tuée va se pointer ici et que vous saurez le reconnaître ?!

— Je ne pense rien.

Elle était étrangement calme. Les premières voitures se firent entendre et en un instant, des places de parking supplémentaires s'imposèrent le long de la rue parallèle. Les gens se saluaient les uns les autres et quelques regards se dirigèrent vers les deux agents. Au milieu d'une réunion de gens qui se côtoyaient régulièrement, ils apparaissaient clairement comme des intrus. Certains parurent s'arrêter sur le visage de Gabrielle sans pour autant le remettre dans le bon contexte. Un visage connu s'approcha.

— De l'avancement dans l'enquête ? interrogea Berchant.

— Tant que rien n'est sûr, inutile de balancer quelques vagues informations, répondit Sébastien assez sèchement.

— Je suis toujours suspect, agent Garnier ?

— Vous ne l'étiez pas, mais nous devons discuter…

— De quoi ?! s'énerva l'homme.

— Deux personnes sont mortes…

— … et le fait que ça se soit passé dans mes vignes fait de moi un coupable !? Savez-vous à combien s'élèvent mes pertes !

— Deux personnes sont mortes, monsieur Berchant ! Mortes brûlées vives ! Je me fiche que vous vous inquiétez plus de vos terres que de ces drames, mais le fait que les deux endroits vous appartiennent n'est peut-être pas le fruit du hasard ! Il y a peut-être un message de quelqu'un avec qui vous aviez des griefs et nous devons savoir qui cela pourrait concerner.

— Savez-vous combien j'ai de terres autour de cette commune, monsieur Garnier ? Plus que vous n'en aurez jamais au cours de toute votre vie ! On ne fait pas un pas ici sans se retrouver à un moment ou à un autre chez moi ! Alors qu'un cinglé soit tombé deux fois de suite dessus n'a rien de surprenant ! Mais il serait peut-être bon de remettre la main dessus rapidement vous ne croyez pas au lieu de donner dans le social !

Sébastien serra le poing. L'homme l'insupportait plus

que de raison et il pensa logiquement qu'il devait avoir plus d'un ennemi dans le coin. La liste n'en serait que plus floue.

— Nous vous recontacterons, coupa Gabrielle afin de mettre fin à la conversation tendue.

Elle passa machinalement sa main autour du bras de son collègue pour lui faire prendre la direction du cortège.

— Il n'est pas utile de provoquer une dispute en plein enterrement et de se mettre tout le monde à dos avec ce genre de méthode, murmura-t-elle, à mi-chemin entre l'ordre et le conseil.

Assez peu de personnes de l'âge d'Inès étaient présentes. Rien de surprenant sachant qu'elle était décrite comme quelqu'un de réservé et assez renfermé. Toute la population du village semblait être présente par respect pour les parents vignerons reconnus entre autres. La cérémonie se déroula dans un silence pesant. Gabrielle observait les gens défiler aux condoléances à la famille et s'arrêta sur un homme d'une trentaine d'années, visiblement affecté, s'accrochant à la main d'Évelyne Lormeau. Une belle prestance. Beaucoup de classe. Son visage lui semblait familier, mais l'endroit où elle l'avait croisé lui échappait. Elle laissa la population s'éloigner peu à peu de la famille et se noya au milieu de la foule sans prendre le temps de prévenir Sébastien. Elle adressa un sourire compatissant à l'homme qui l'avait intriguée. Un « bonjour », la mine désolée, auquel il répondit de la même façon.

— Vous étiez de la famille ?

— Non. J'étais un de ses professeurs au collège. Emmanuel Darrencourt.

Il lui tendit la main, aussi intrigué qu'elle, avant de continuer.

— Je connais ses parents. Ils m'avaient demandé de lui donner des cours de rattrapage à un moment où elle décrochait totalement. Et vous êtes ?

— Gabrielle Lorcat. J'ai arrêté l'homme d'entretien de votre collège il y a un peu plus d'un an.

— J'ai été en arrêt quelque temps à cette période, mais j'ai appris ce qu'il s'était passé en revenant. Il repérait les jeunes filles sur place et les contactait sur un forum par la suite en se faisait passer pour un universitaire qui voulait les aider dans leurs devoirs. C'est bien ça ?

— Tous les moyens sont bons.

— Le principal est que vous ayez pu le retrouver. Gabrielle… c'est le nom d'un ange, non ? Vous êtes destinée à protéger les enfants.

Le compliment était grossier, mais l'homme paraissait sincère. Bien que sceptique sur l'image flatteuse qu'elle renvoyait apparemment, Gabrielle sourit poliment.

— Vous connaissiez Inès ? demanda-t-il curieux de la présence d'une inconnue.

— Non. J'enquête sur sa mort.

Il écarquilla les yeux et afficha une moue impressionnée.

— C'est délicat de votre part d'être venue aujourd'hui.

— En fait, je cherche des renseignements. Vous pourriez peut-être m'aider.

Elle opta pour un air charmeur et il sembla réceptif.

— Eh bien... Que puis-je faire pour vous ?

— Je sais que tout se passait plutôt mal depuis son changement d'établissement. Elle ne vous parlait jamais de rien ? Un ami, un petit ami ? Elle n'a jamais évoqué des ennuis dont elle n'aurait pas osé parler à sa famille ?

— Je lui donnais des cours, c'est tout. Elle était assez renfermée et le conseiller d'orientation à qui elle causait un peu avait décelé ce fameux décrochage. Il en avait parlé en réunion et comme je connaissais les parents d'Inès... Sa mère travaillait à la cantine à l'époque et m'avait conseillé des logements à mon arrivée. J'ai voulu aider.

— Le conseiller d'orientation est toujours en poste ?

— Oui, mais je ne pense pas qu'ils aient eu d'autres contacts après son départ du collège. Mickaël ne voit jamais les élèves en dehors de l'établissement.

— Mickaël... répéta-t-elle machinalement.

— Mickaël Millériand. Il est absent depuis deux semaines. Je crois savoir qu'il travaille sur plusieurs établissements. Je n'ai pas son numéro sur moi, mais je dois retourner travailler, je peux vous le transmettre d'ici deux ou trois heures si vous voulez.

— Merci beaucoup.

Elle fouilla ses poches, cherchant une carte avec le numéro du poste puis ôta le stylo accroché à la veste de son interlocuteur pour rajouter son numéro de portable au verso.

— Je ne suis pas souvent en poste en ce moment alors n'hésitez pas à m'envoyer le numéro par texto. J'aimerais l'avoir le plus tôt possible. Je vous remercie encore.

Il la salua d'un signe de tête et rejoignit le cortège. Garnier avait observé le petit interrogatoire de loin et n'avait pas manqué le regard insistant de Darrencourt sur Gabrielle. Les yeux avaient balayé le corps de la tête au pied avec une lueur d'animal affamé. Il ne savait pas trop si Gab n'y avait pas prêté attention ou si elle avait feint de s'en moquer.

— Ton numéro personnel !? Tu dragues pendant les enterrements ? taquina Sébastien, revenu près d'elle.

— C'est toujours mieux que ce qu'on trouve au boulot ou sur les quais de gare.

— Ouch !! C'est cruel ! Non, c'est vrai, je suis blessé !

— Il va m'épargner un déplacement au collège. Il m'envoie le numéro du conseiller d'orientation avec qui elle discutait de ses problèmes. Apparemment le seul avec qui elle l'ait fait d'ailleurs. Mickaël... avec un M ! Vous me suivez ? Et même si ce n'était qu'une fâcheuse coïncidence, elle lui a peut-être parlé d'autres choses qui pourraient être intéressantes. Parce que, figurez-vous, en dehors de ça, on a que dalle !!

Le portable de Gabrielle sonna et elle s'éloigna des gens hâtivement pour ne pas déranger, tirant Sébastien par la manche.

— Bonjour, ma chérie, balança la voix de Richard.

— Je t'ai dit que nous étions à l'enterrement, non !?

— Oui, mais j'ai une information de premier ordre pour toi !

— Tu n'étais pas censé t'occuper de ton avocate !?

— Justement ! Il se trouve que MA disparue a fini sur TON bûcher !

— Tu le sais déjà !

— Un joli bracelet retrouvé dans le champ par l'équipe d'experts a devancé les résultats de Tours. J'attends la confirmation, mais *a priori* le peu d'habits encore visibles, la stature du corps et les bijoux correspondent à la description que nous avions.

— Elle a été en contact avec l'assistante sociale ou la gamine ?

— On est dans les recherches depuis ce matin et on a contacté famille et collègues. Figure-toi que c'est la première chose qu'on a cherchée et que la réponse est non ! Elle était avocate dans les affaires familiales alors on s'est dit « bingo », mais elle n'était pas sur le secteur à l'époque de l'adoption de la gamine et à aucun moment elle n'a été amenée à la croiser ou même ses parents ou qui que ce soit d'autre ayant un lien direct ou indirect avec les Lormeau ou la famille d'origine. Elle n'a pas non plus travaillé avec l'assistante sociale. Elle n'était pas sur la même zone.

— On arrive.

Elle raccrocha le téléphone, les sourcils froncés.

— Quoi ? interrogea Sébastien.

— Vous avez trouvé le rapport entre Inès et l'assistante sociale... Maintenant, trouvez-moi où se situe l'avocate en affaires familiales sachant que rien ne la relie aux deux autres.

— Une croisade, sortit-il sans réfléchir.

— Une croisade ? Pourquoi y aurait-il un lien entre les deux premiers et pas la troisième !?

— Il y avait un lien et je pense qu'il est important, mais après... il a gagné en assurance, ça ne lui suffisait pas. Une gamine adoptée, une assistante sociale et une avocate en affaires familiales... il en a, *a priori*, gros sur la patate. Il faut regrouper encore une fois tous les dossiers et chercher un autre lien. Plus spécialement centré sur Inès... avec quelqu'un d'autre qui reviendrait aux trois endroits.

— Pourquoi Inès n'a pas été tuée de la même façon que les autres ?

— C'est une victime du système... Probablement comme lui. Il le savait. Il s'est passé quelque chose. Je ne sais pas quoi. Mais il a perdu le contrôle et maintenant cela vire en vendetta. Il faut interroger rapidement le conseiller d'orientation. En tout cas, Berchant n'avait peut-être pas tort... le choix des terres n'est peut-être dû qu'au hasard.

Une fois revenus au poste, ils rejoignirent Julien et Richard, déjà encerclés par les dossiers et les yeux rivés sur les ordinateurs. Gabrielle chercha les antécédents de Millériand et envoya un e-mail pour avoir accès à ses anciens dossiers. La réponse tardait à arriver, mais elle retrouva l'adresse du conseiller rapidement. Le sachant probablement absent comme l'avait prévenu Darrencourt, elle scrutait plus que régulièrement son téléphone, guettant les messages.

— « Roméo » se fait désirer, railla Sébastien.

— « Roméo » ? s'étonna Richard. Quel homme serait assez fou pour tenter l'escalade de la « grande muraille » ?

Elle rit sous l'œil peu surpris de Sébastien.

— Garnier... le dernier prétendant a quitté le pays en dépression ! Et ça date déjà d'un bon bout de temps ! expliqua-t-il, hilare. Elle n'a jamais réussi à trouver mieux que moi.

Elle souffla, relevant les yeux au ciel.

— Vous étiez ensemble ? osa Julien.

— Dans ses rêves seulement, répondit Gabrielle. Dans ses rêves ! Dans la vraie vie, les filles repartent aussi vite de l'appartement de Richard qu'elles arrivent. Elles sont rebutées par le fait qu'il passe trois fois plus de temps qu'elles dans la salle de bain, uniquement à peigner sa moustache !

— Ahh ahh ahhh, s'insurgea l'homme passant machinalement les doigts sous son nez pour remettre en ordre deux ou trois épis. Et vous, Garnier, quelqu'un dans votre vie ?

— Non.

La réponse fut rapide et sans justification. Les autres, d'humeur aux cancans, restèrent sur leur faim. La vibration du téléphone portable de Gabrielle sur le bureau stoppa la conversation.

— Adresse, numéro et jours de présence au collège de Mickaël Millériand. Que demande le peuple ?

5

La cour du collège se vidait tandis que la sonnerie hurlait une nouvelle fois dans les couloirs. Gabrielle observait les enfants se remettre en rang pour rentrer dans les salles et tentait de rassembler ses propres souvenirs de cette époque, en vain. Le collège ne l'avait pas marqué plus que ça et elle se reconcentra aussitôt sur la porte avec l'écriteau « Conseiller d'orientation ». Un homme d'apparence très jeune sortit. Si son dossier indiquait à peine trente ans, son apparence ne lui en donnait pas plus de vingt-cinq.

— Je peux vous aider ?

Sébastien prit les devants.

— Gabrielle Lorcat et Sébastien Garnier. Nous enquêtons sur la mort d'Inès Lormeau.

— C'est tragique. Ça fait beaucoup de choses abjectes en peu de temps avec le « chasseur de sorcières ».

— Le chasseur de sorcières ?! s'étonna Sébastien.

— C'est comme ça que la presse surnomme le responsable des deux crimes sur le bûcher. Vous ne lisez pas les journaux ?

— Nous n'avons pas tellement le temps en ce moment. On peut s'asseoir deux minutes ?

— Bien sûr.

Le jeune homme ouvrit la porte du bureau, les invitant à s'asseoir sur les deux chaises en face de lui. Gabrielle ne répondit pas et se contenta de faire le tour de la pièce, scrutant les photos de classe affichées au mur.

— Vous êtes proches des élèves ? demanda-t-elle.

— Je participe aux sorties de sport. J'aime travailler avec les jeunes. Je les connais plutôt bien.

— Comme Inès Lormeau ?

— Inès a commencé à décrocher vers treize ou quatorze ans. C'était une bonne élève, mais très renfermée et elle a commencé à chuter. Son professeur principal me l'a signalé et j'ai voulu aider. J'ai appris après son départ du collège que la situation s'était empirée.

— Vous étiez toujours en contact ?

— Oui. C'est une petite ville, ici. Tout le monde se connaît d'une façon ou d'une autre.

Sébastien tenta de se remémorer le nombre de fois où il avait entendu ce fait, forcé de constater que c'était une évidence pour tout le monde sauf pour lui et que cela impliquait des relations étroites entre quasiment tous les habitants. La recherche de lien devenait un énorme nœud qu'il lui semblait impossible de démêler.

— La dernière fois que vous l'avez vue, date de… ?

— Elle m'a envoyé un mot il y a une quinzaine de jours. Nous discutions beaucoup sur internet. Tout le monde est sur les réseaux sociaux de nos jours.

— Ça faisait quatre ans qu'elle n'était plus au collège. Vous êtes sacrément professionnel pour suivre les élèves aussi longuement. Vous le faites avec tous ?

— Avec ceux qui en ont besoin. Ce n'est pas un crime, si ?

— Ça n'a jamais dépassé le cadre du conseiller et de l'élève ?

Millériand se braqua sur sa chaise.

— Vous m'accusez de quoi au juste ?

— Je pose juste une question. Vous n'avez jamais eu connaissance d'un béguin qu'elle aurait pu avoir pour vous ? Elle était en difficulté, vous l'aidiez… elle s'est peut-être sentie plus reconnaissante que de raison…

— Je ne vois pas le rapport avec sa mort !

— Ça ne répond pas à la question.

— Si vous voulez d'autres informations, je vous conseille de me convoquer directement à la gendarmerie. Je vous présenterai mon avocat.

Il se releva brusquement, rouvrit la porte de son bureau et attendit fixement que les deux agents en sortent.

— On se reverra plus tard, assura Sébastien.

Gabrielle et Garnier regagnèrent la voiture, la première étrangement calme, le deuxième frustré.

— Pour une personne qui s'énerve d'ordinaire assez vite, je te trouve bien silencieuse.

— Ça n'arrangerait pas grand-chose à la situation. Nous n'avons rien de concret contre lui pour le moment, il est dans son bon droit. Le fait de fricoter ou non avec une gamine qui n'en était plus une dans le sens où elle était majeure ne constitue pas un délit. Rien ne le place sur le lieu de sa mort. Rien ne le relit pour l'instant aux autres meurtres. On a passé une partie de la journée dans la paperasse sans que son nom apparaisse. Demain, on retourne dans les dossiers et on fouille tout ce qu'on peut fouiller.

La voiture démarra sans que Sébastien n'arrête de s'intriguer du comportement de sa collègue. Elle sentit son regard sur elle et après un mouvement de tête, excédée elle consentit au dialogue.

— Qu'est-ce qu'il ne va pas, monsieur Garnier ?

— Tu as autant de sang-froid au travail que d'électricité en dehors et ça m'amuse, c'est tout. Et puis, je te trouve changée depuis hier.

— Changée ?

— Tu as vu quelque chose dans mes e-mails qui t'a choquée ?

— Pas du tout.

— Si.

— Non, insista-t-elle, commençant à perdre patience.

— Là, ça commence à redevenir plus normal !

— Vous êtes franchement spécial ! Vous n'avez vraiment rien d'autre à faire !?

— Tout de suite, non. Mais tu serais mal placée pour me juger sur mon caractère. Il me semble que Richard en a dit suffisamment long sur ta capacité de rapport sain avec les gens tout à l'heure. Et le simple fait que, dans un endroit « où tout le monde connaît tout le monde », personne ne sait qui tu es en dit aussi loin sur ton intégration à la vie civilisée.

— Vous êtes bien placé, monsieur « je ne suis pas en couple », mais j'ai plein de messages d'Yvan dans mon ordinateur !

Il éclata de rire, surpris de la conclusion qu'elle avait tirée de sa visite informelle dans ses messages. Puis, après quelques secondes, il réagit sur le fait qu'elle n'en pensait pas un mot et qu'elle tentait juste de détourner la conversation d'elle.

— Je sais ce que tu fais, assura-t-il.

— Je ne vois pas du tout ce que vous voulez dire.

— Internet… sortit-il, pensif. Les réseaux sociaux, c'est quelque chose. Ça rend l'accès aux informations assez difficile, mais pas impossible.

— Vous pensez aux messages qu'envoyait Milleriand à ses élèves ?

— Oui. Vous ou quelqu'un d'autre chez vous avez déjà dû tenter d'attraper quelqu'un par les réseaux sociaux au cours d'une enquête ?

— Non, répondit-elle trop rapidement.

— Tout à l'heure, tu parlais au prof d'un pervers qui cherchait les élèves sur les forums…

— Je me suis juste occupée de l'arrestation.

Elle souriait, mal à l'aise, et il la fixa silencieusement une poignée de secondes.

— Viens manger un morceau avec moi à l'hôtel. On parlera de ma supposée relation avec Yvan et de la tienne avec le dernier traumatisé.

— Vous n'avez pas d'ami ?!

— Dans le coin, non. Et puis, là où je travaillais avant, nous étions soudés entre collègues, il n'y a rien de mal à ça, non ?

Elle parut réfléchir.

— Pourquoi avoir choisi ce coin pour la mutation ?

La question semblait sortie de nulle part à ce moment précis et il vit là une nouvelle diversion.

— Quelle importance ?

— Pourquoi ne pas répondre tout simplement ? Vous aviez le choix, vous n'êtes visiblement pas emballé par le coin, alors je me demande pourquoi.

— Pourquoi es-tu allée à Paris ?

— Vous répondez à une question par une autre question.

— Tu ne réponds toujours pas aux miennes alors pourquoi je répondrais aux tiennes.

— Eh bien vous voyez, inutile que nous mangions ensemble, nous n'aurions rien à nous dire ! conclut-elle, victorieuse.

— Gabrielle…

— Non ! C'est un mot qu'on n'a pas dû vous dire souvent à vous !

— Non, s'amusa-t-il.

Il fit une courte pause avant de prendre un ton plus posé.

— J'ai l'impression que tu ne fais confiance à personne et que tu ne livres rien de toi à condition de tout savoir sur les autres… et même là… je ne suis pas certain que tu sois plus sociable, dit-il avec calme. Tu sais, une relation commence par un échange équitable et tout le monde n'est pas pourri.

— J'ai sérieusement le droit à une leçon de vie, là ? Rappelez-moi pourquoi vous avez tout quitté ? Pourquoi vous êtes seul ici ? Peut-être que socialement, votre petite vie de monsieur "Je sais tout" n'est pas si parfaite. Lorsque l'on est si bien entouré dans la vie, on n'a pas besoin de fuir à perpète pour se sentir mieux.

Il se tut, admettant intérieurement être mouché.

— Alors nous avons peut-être beaucoup plus de points communs que tu ne veux bien l'admettre, Gabrielle.

Arrêtés devant l'hôtel, elle l'invita à sortir de voiture.

— Bonne soirée, Garnier.

—Tu peux me tutoyer aussi, hein, je te donne la permission.

— Quelle générosité !

Il s'accrocha à la portière de la voiture, refusant de la laisser partir vraiment contrariée. Il se baissa à la fenêtre ouverte et prit un ton plus taquin.

— Je crois que je t'aime bien, en fait.

Elle approcha son visage du sien, plus sereine, plus confiante.

— Monsieur Garnier… J'ai bien l'intention de gagner mon pari sur le temps que vous resterez ici. Ne me forcez pas à me montrer plus cruelle que votre petit cœur ne pourra le supporter.

Il lut dans ses yeux qu'elle ne lui en voulait pas vraiment. Elle tourna la tête et il la regarda s'éloigner. Il traversa le hall et rejoignit la terrasse faisant face à une immense étendue de terre et de vignes. Le paysage était sublime. Il aurait été difficile de dire le contraire. Le soleil se couchait lentement et les couleurs, le calme environnant lui conféraient un sentiment de bien-être et d'apaisement. Un petit goût de bonheur auquel il ne s'attendait pas aussi vite. Il réalisa que depuis son arrivée, il n'avait jamais vraiment pris le temps de chercher sa mystérieuse correspondante d'internet. Il n'avait pas tenté de reprendre contact et, bizarrement, ça ne lui manquait plus autant. L'image de Gabrielle, endormie dans la chaise à ses côtés, la chemise entrouverte, le visage apaisé, lui réapparut à l'esprit. À quel moment était-elle devenue aussi attirante qu'énervante ? Probablement depuis le début. Elle érigeait une sorte de bouclier comme il s'en était construit un lui-même au fur et à mesure des années. Le métier et divers aléas personnels avaient provoqué ce genre de mécanisme qu'il avait finalement reconnu rapidement. Cette espèce de lien venu d'expériences similaires provoquait un intérêt qu'il ne tentait pas de cacher. À quoi bon ? Elle entretenait un mystère qu'il fantasmait de résoudre, persuadé de trouver la réponse à ses propres problèmes. Il était là dans son élément : la quête d'une vérité. Il en avait fait un métier. Mais il s'agissait là aussi tout bêtement de sa nature profonde.

— Monsieur !

La petite voix de la réceptionniste le sortit de ses rêveries.

— Une dame vous attend devant votre chambre. Elle a insisté pour vous faire la surprise… il y a un petit moment déjà.

Il fit défiler assez rapidement les possibilités de visites avant de s'inquiéter de la venue d'une personne en particulier. Devant sa porte, la demoiselle redoutée attendait impatiemment avant de l'apercevoir au bout du couloir.

— Surprise ! s'exclama-t-elle.

— Mélanie…

— Tu es content ?

Il ferma les yeux, ne sachant comment réagir puis se contenta d'ouvrir la porte en gardant ses distances avant de l'inviter à entrer. La joie apparente de la visiteuse fit place à un visage rancunier.

— Je viens de me taper deux heures de train et une heure d'attente dans ce couloir. J'espérais un peu plus d'enthousiasme, Sébastien.

— Je ne t'ai rien demandé.

— Tu es parti fâché et je n'ai aucune nouvelle depuis.

— Je suis partie après qu'on a convenu d'un break, il me semble.

— Oui, un break… pas une rupture. Ça a changé depuis ?

Il se posa sur le lit, se frottant les yeux, cherchant comment résoudre le problème auquel il ne s'attendait pas. Elle prit le silence pour une hésitation, une faille. Elle tamisa la lumière et commença à se déshabiller de manière lascive. C'était une belle femme. N'importe quel homme se retournait sur son chemin. N'importe quel homme aurait aimé se vanter de l'avoir dans son lit. La silhouette mince et sans défaut s'exhibait devant lui, cherchant à provoquer une réaction. Elle fit tomber la robe légère et glissa lentement les bretelles de son soutien-gorge avant de chevaucher les genoux de son ancien amant. Elle avait la peau hâlée de ses multiples séances d'UV dont elle raffolait. Elle se frotta de manière plus ou moins appuyée contre les hanches viriles.

— Ose me dire que ça ne te manque pas ?

Les yeux fermés, il se sentit excité. Excité à l'idée que ce soit Gabrielle sur ses genoux et non Mélanie. Réaction il y eut et, ravie, Mélanie ne put s'empêcher de susurrer les mots salaces qu'elle aimait tant lui glisser aux oreilles lors de leurs ébats. Mais le rappel de la voix qui n'était pas celle souhaitée le refroidit aussitôt. Et les conséquences de cette relation qui ne s'arrêtait jamais réellement le révulsaient de plus en plus.

— Ce n'est pas une réponse à tout, Mélanie.

Elle se figea en essayant de garder son assurance.

— J'ai toujours entendu dire au contraire que le sexe était le ciment d'un couple, répéta-t-elle, le sourire coquin.

— Du ciment sur des briques en vrac, ça n'a aucun intérêt.

Il avait rétorqué de manière plus froide qu'il ne l'aurait souhaité, mais la citation l'avait énervé. Cette fois, bel et bien vexée, elle eut un geste pour se couvrir la poitrine, comme soudainement honteuse. Elle se releva brusquement, l'œil mauvais.

— Tu es devenu impuissant ou quoi ?!

Il se mit à rire de la réflexion puérile. Mais était-ce vraiment surprenant de la part de Mélanie ? Une femme qui avait depuis longtemps reposé tout son avenir sur ses charmes, sans prendre le temps de pousser le reste un peu plus loin. Elle avait ce côté peste qui ne l'avait pas laissé de marbre à une époque où il ne cherchait pas à s'amouracher. La relation s'était ensuite éternisée et vite encroûtée. Passés les premiers émois de nouveautés, plus rien n'avait semblé les relier. Plus préoccupée par des futilités, elle était passée à côté du mal-être de son flic de compagnon et il avait alors réalisé qu'il souhaitait autre chose ou rien du tout.

— C'était une rupture, c'est ça ? interrogea-t-elle. Tu n'as jamais eu l'intention de réfléchir.

Elle se laissa tomber dans la chaise de bureau après avoir récupéré sa robe sur le sol.

— Quelle andouille je fais.

— Ce n'est pas ta faute. C'est la mienne.

— Je pensais que tu étais bouleversé après l'enquête sur Gorderieux... avec les enfants... et... je croyais que ce serait une bonne chose de venir ici.

Elle eut un rire nerveux.

— J'ai eu du mal à te trouver, tu sais. Il fallait vraiment avoir envie de fuir pour s'enterrer dans ce bled.

— Le respect, tu connais ?

— C'est toi qui dis ça ? Je te connais, tu sais. Beaucoup mieux que tu ne le penses. À ton avis, combien de temps vas-tu résister dans ce coin ?! Sois un peu sérieux. Même tes parents et Yvan font des paris sur ton endurance.

— Décidément, en ville ou en campagne, tout le monde est bien certain de me connaître pour mettre de l'argent sur ma tête.

Il inspira profondément, réfléchit puis prit un oreiller et se dirigea vers un petit sofa à quelques pas du lit.

— Prends le lit. Tu n'auras sûrement pas de train avant demain et je ne vais de toute façon pas te faire faire le trajet aller-retour dans la même soirée.

— Tu es sérieux ? C'est fini ?

— Mélanie, je suis désolé.

— Un rapport avec la pétasse du forum ?

— D'où est-ce que tu sors ça ?

— Tu crois que je n'ai pas repéré ton petit manège depuis je ne sais combien de mois ?! Je ne te voyais jamais avec le boulot et quand tu rentrais, tu passais plus de temps sur ce fichu ordinateur qu'avec moi !

— Tu as lu…

— Rien. Tu parlais de tout et de rien avec une gonzesse que tu n'as jamais vue et que tu ne connais absolument pas alors que moi, j'étais là. C'est pathétique.

Énervé qu'elle ait pu fouiller dans ses messages, il chercha le calme, une nouvelle fois, au travers de la vue extérieure.

— Je suis désolé. Nous deux, nous n'étions plus un couple depuis un long moment. Tu n'es pas aveugle, je sais que tu t'en es rendu compte aussi.

Il parlait d'une voix reposée et sans animosité et elle se calma aussitôt, réalisant qu'il avait raison et qu'elle s'était leurrée sur une possible réconciliation en faisant ce déplacement.

— Repose-toi. Je m'occupe de ton billet de train pour demain matin. Je vais faire en sorte qu'un taxi t'y conduise.

Il s'allongea, dos à son interlocutrice, culpabilisant de ne pas avoir réglé la situation avec plus de courage avant de partir. Il avait la sensation de se comporter en monstre, mais le mal étant fait, il priait pour que ce mauvais moment passe le plus rapidement possible. Il l'entendit tourner en rond, perdue, puis ralentir et finir par sortir de la pièce. Elle reviendrait. Il la connaissait. Une fois la tempête passée, elle deviendrait raisonnable. Un long moment passa tout de même avant qu'elle ne revienne s'allonger et qu'elle ne finisse par céder au sommeil. Il observa le corps qu'il avait serré dans ses bras pendant tant d'années, curieux de constater qu'il ne lui inspirait plus rien et même inquiet de ne pas se rappeler du temps où il lui inspirait quelque chose. Une rencontre banale à un moment banal suivie d'un déroulement étape par étape, commun, et finalement sans attrait ni passion. Une liaison tiède qui avait fini étouffée lentement dans son indifférence totale. L'esprit torturé par son propre comportement, il ne put s'endormir et saisit son ordinateur, ouvrant une nouvelle fois le dossier central de son « bureau ». Non, cette relation ne reposait pas sur « rien ». Mais comment expliquer sur quoi elle reposait réellement ?

« Il m'arrive beaucoup de choses en ce moment. J'aimerais pouvoir les raconter à quelqu'un... j'ai bien conscience que cette idée est idiote. Tu n'écris plus. Tu ne viens plus sur le forum. Ça faciliterait tellement les

choses. Je deviens cinglé. L'air de la campagne sûrement lol. »

Deux bonnes heures passèrent avant qu'un bip signalant une réponse ne le fasse sursauter.

« L'air de la campagne ?! »

Il hésita bizarrement à répondre, ne sachant plus trop où il allait.

« Je suis à Sancerre. Je devais être muté dans le cadre d'un échange d'expérience et j'ai saisi l'occasion de passer dans le coin. »

Un long silence s'en suivit. Bien trop long pour qu'il ne soit pas révélateur d'une certaine gêne de la part de son interlocutrice. Puis, finalement…

« Rendez-vous demain soir devant la caserne. »

Il s'enfonça dans la chaise, perplexe. Avait-il vraiment envie de cette rencontre ? qu'en attendait-il vraiment ? L'idée que l'interlocutrice soit Gabrielle lui revint alors à l'esprit et il se mit à sourire. Une part de lui criait qu'elle n'était pas du genre à se répandre sur internet, l'autre espérait étrangement qu'elle ait eu le même besoin que lui. Gabrielle. Le fait était qu'il arrivait de plus en plus mal à la chasser de ses pensées. Il se reconnaissait dans certaines parties de son caractère et se fascinait pour celles qu'il souhaitait découvrir.

6

— Au revoir, monsieur Préard !!

Les voix des enfants saluant à la fin de journée sonnaient l'heure du repos mérité pour Damien. Il avait souvent entendu moquer la fainéantise des gens travaillant dans l'enseignement, mais mettait au défi quiconque désirant prendre sa place d'instituteur. Les nombreuses années d'exercices n'avaient pas manqué d'user sa motivation à faire ce métier et il avouait parfois appréhender la rentrée autant que ses petits élèves. La classe de la commune où il se trouvait menaçait tous les ans de fermer pour finalement être reconduite, le laissant à chaque fois dans le stress d'une autre recherche de poste, d'un autre déménagement. Les derniers parents le saluèrent et il sortit de la cour, cartable en main, en direction de sa nouvelle acquisition. Une magnifique propriété à deux cents mètres à peine de l'école. Le fait de changer de rue et la hauteur de la haie le séparant du reste de la ville lui donnaient une sensation d'éloignement qu'il craignait ne pas avoir au tout début de son installation. Peu d'années restaient avant sa retraite et il s'était déjà préparé un plan de voyage à faire avec sa compagne. Cette seule pensée le fit sourire et il ralentit le pas de retour, conscient et heureux de ne bientôt plus avoir à faire ce trajet tous les jours, toute l'année. Il passa le dernier virage, n'ayant plus que des terrains vides à perte de vue, l'habitation aux volets déjà fermés de sa voisine la plus proche et affreusement casanière et des maisons désertées par les vacanciers inconnus au bataillon. Les villes de campagne et leur calme. Il les avait craints. Il s'en délectait désormais.

— Je vous dépose.

Une voiture dont il ne s'était pas inquiété outre mesure s'était arrêtée à son niveau et le visage l'interpella immédiatement sans qu'il ne pût se vanter de le replacer dans son contexte.

— On se connaît ?

L'expression rieuse et fort sympathique l'intrigua et il creusa en vain dans sa mémoire.

— Un ancien élève de passage… je vous ai reconnu tout de suite monsieur Préard. Ça me fait vraiment plaisir de vous revoir. Je dois attendre ici une heure ou deux. Je cherche un petit bistrot ouvert.

— Il y en a à un kilomètre à peine d'ici, mais… je suis désolé, je ne vous remets pas.

— Je vous offre un café, il n'est pas tard et je vous laisse chercher. Vous disiez toujours qu'il fallait faire travailler sa tête et ne jamais céder à la facilité.

Préard reconnut ses propres mots, amusé. Il jeta un œil du côté de sa maison au bout de la route et constata que la voiture de son amie ne s'y trouvait pas encore.

— Ma femme n'est pas encore rentrée. Pourquoi pas… je n'aime pas rester sur un problème non résolu.

— Moi non plus, monsieur Préard.

❖

Domicile de Gabrielle Lorcat

Le soleil se coucha sur la ville, assombrissant les pièces de la maison de Gabrielle sans que celle-ci s'en trouve gênée. Perdue dans ses pensées, cramponnée à son ordinateur, elle renvoyait une image inquiétante qui fascinait Sabine observant dans un coin de la salle à manger depuis un bon moment. L'invitée s'étonnait de la propreté et de l'organisation de sa demeure temporaire, ayant constaté le peu de présence de son amie à l'intérieur. Elle la soupçonnait d'insomnie, expliquant le ménage et le rangement qui ne pouvaient pas être faits à un autre moment que la nuit. Des bougies étaient néanmoins allumées aux quatre coins de son espace de vie, aucun grain de poussière ne se manifestait de près ou de loin et rien n'était laissé au hasard. Elle était là depuis quelques jours et constatait n'avoir à aucun instant vu Gabrielle passer la porte de sa chambre à coucher. Le tour de la maison fait furtivement pour trouver ses repères avait laissé entrevoir un lit jamais défait, une cuisine peu utilisée et, à l'inverse, un vrai campement installé autour de la table basse du salon avec boîtes vides de repas à emporter, ordinateur et paperasses quelconques. Les quelques visites effectuées au cours de toutes ses années d'installations n'avaient pas renvoyé autant de solitude et de préoccupations professionnelles que ces derniers jours.

— Quel est le problème ?

Sabine dévisageait son amie, avachie dans le canapé avec un air soucieux. Les cernes sous les yeux déjà abîmés par l'allergie et le fait de connaître Gabrielle par cœur depuis une bonne quinzaine d'années ne laissaient aucun doute pour elle sur l'état de l'agent.

— Trois meurtres… soit trois fois plus qu'en plus de dix ans de carrière en ce qui me concerne.

— Ils ne parlent que de ça dans les journaux. Les gens sont hystériques. C'est moche ? On voit la fumée de ta terrasse et c'est flippant.

— Aussi moche que ça puisse l'être.

— Et Paris ? Tu ne veux toujours pas en parler ?

— Je n'y tiens pas.

Gabrielle émit un rire nerveux.

— Écoute… Tu as fait tout ce trajet pour rencontrer cet homme. Tu as forcément un avis. Vous avez discuté sur internet pendant quoi ? Des mois ? Ça collait bien, non ?! Je veux dire depuis combien d'années tu attendais ça ?!

— Je ne suis pas allé le voir.

Sabine arrondit les yeux.

— Tu t'es dégonflée ? Et lui… il t'attendait ?

— Non. Je… non, je n'ai rien dit. Je voulais juste… je ne sais pas. Je voulais juste voir si ça me ferait quelque chose et en fait… ma vie est très bien comme ça.

Gabrielle dévisagea avec insistance son amie dans les yeux, essayant de faire passer un message sur lequel, elle-même, avait du mal à mettre des mots. Sabine afficha un air compréhensif.

— C'est comme tu le sens après tout.

— Tu renonces bien vite, s'étonna Gabrielle.

— Je crois qu'à ta place, j'aurais fait pareil. Et sinon… l'autre nuit ?

Sabine roula les yeux dans ses paupières, un grand sourire aux lèvres et dansant de façon étrange.

— Quoi la nuit dernière ?

— Dans la chambre d'hôtel avec Garnier ?! Ne fais pas de suspense !

— Garnier !? Tu plaisantes ? Je me suis endormie comme une masse. Fin de l'histoire !

— Et il n'a rien tenté !? C'est un gentleman finalement.

— Un mec déjà bien occupé, oui. Son ego lui prend tout son temps !

Sabine entrouvrit la bouche, hésitante. Elle savait le sujet qu'elle voulait aborder et connaissait le peu de réception et de patience de son amie à ce propos.

— Tu n'es pas comme ta mère. Et tous les hommes ne sont pas comme ceux qu'elle a ramenés.

Gabrielle feignit de ne pas relever la phrase puis devinant l'inquiétude de Sabine, finit par relever les yeux vers elle, le regard confiant et le sourire rassurant.

— Non, je le sais, Sabine. Aucune inquiétude à ce sujet.

Un signal provenant de son ordinateur libéra Gabrielle de la conversation. Elle ouvrit la page sur sa messagerie et tomba sur le nom qu'elle avait contacté pour avoir des informations sur Millériand. Un dossier à télécharger était notifié comme pièce jointe.

— Important ? demanda Sabine, curieuse.

— Professionnel, se contenta de répondre Gabrielle.

Après que son amie se fut endormie, elle se reposa devant l'ordinateur, épluchant le dossier Millériand. Puis, préoccupée de nouveau par des questionnements personnels, elle culpabilisa devant l'écran, se demandant une fraction de seconde si Sabine avait raison. Après une profonde inspiration, elle secoua la tête, comme si ce geste suffisait à lui seul à chasser cette idée puis éteignit l'ordinateur. Elle s'amusa machinalement de le faire assez peu souvent et se reprocha ce manque de capacité à se déconnecter de cet appareil. Elle quitta son bureau, traversa la salle à manger pour constater que Sabine s'était endormie sur le canapé. Après un dernier tour de maison pour vérifier que tous les volets étaient fermés et trois tours de clé sur la porte pourtant déjà verrouillée, elle traversa le couloir menant à sa chambre et tenta de se vider l'esprit en se martelant qu'il était bien connu que la nuit portait conseil. Passé la porte, elle bloqua sur les draps propres, la pile de linge réclamant le repassage et se souvint avoir quelques vêtements étendus à l'arrière de la maison. Elle opéra un demi-tour et se lança dans une deuxième journée d'un autre genre de travail, donnant raison à Sabine. Aucun néon ne fut éteint de la nuit et la télé ne s'éteignit qu'à cause de la veille automatique programmée. Elle réappuya sur le bouton de la télécommande, se moquant bien du programme diffusé. De nouveau dans le fauteuil et satisfaite des tâches finies, elle plongea dans une multitude de divagations sur le net sans rapport les unes aux autres et ayant pour seul but de la distraire. Ses heures de sommeil depuis quelque temps se comptaient sur les doigts de ses mains. La chaleur devenait de plus en plus étouffante au fil des jours. La canicule annoncée pour quelques jours s'éternisait. Les ventilateurs fraîchement déballés et disposés aux endroits stratégiques de la maison n'y faisaient rien. Elle détestait ça. La sensation d'étouffer, la lourdeur que cela provoquait. De la fraîcheur. Elle en réclamait. L'été n'était pas son ami. Elle tenta une nouvelle fois de s'endormir. Les yeux fermés, l'image de Garnier reposant à ses côtés provoqua des sensations coupables. L'envie de lui coller des baffes était aussi virulente que celle de lui défaire sa ceinture. Ses années de célibat avaient-elles eu raison d'elle ? Cédait-elle finalement à un simple besoin trop longtemps mis de côté ? Le fait qu'il soit étranger attisait-il cette envie qu'elle ne s'autorisait pas avec la gent masculine du coin, bien trop proche ? Des images des longs doigts remontant doucement le long de ses jambes lui vinrent spontanément. Le parfum trop présent du premier jour lui revenait aux narines. La bouche si avide de provocations diverses frôlait le bas de son ventre, glissant ses lèvres humides jusqu'à ses seins, laissant sa langue en parcourir les formes. Elle sentit ses reins réclamer la présence imaginaire. Frustrée. Il serait le premier à rire de ce fantasme s'il le connaissait. Pourquoi lui ? Pourquoi maintenant ? Son corps n'avait vraiment pas besoin des degrés supplémentaires qu'elle provoquait involontairement.

Dehors, à moins de trois ou quatre kilomètres, l'odeur de parcelles brûlées ne quittait plus l'atmosphère déjà fragilisée par les dérèglements du temps. Les parents d'Inès s'obstinaient à garder volets fermés et les fleurs continuaient à s'entasser devant leur portail avec une multitude de petites bougies éclairant la demeure. Les flammes miniatures laissaient une impression étrange de malaise aux passants. Le feu reprendrait. Tout le monde le sentait. Tout le monde le craignait.

7

Usant le sol de ses allers-retours, Gabrielle s'impatientait dans le hall de l'hôtel. Par ennui, elle avait déjà passé en revue le nombre de lustres, de couverts dans la salle de restaurant à proximité, de portes visibles de là où elle se trouvait et refait la vie de tous les gens défilant à l'accueil. Huit heures étaient passées de quelques minutes et Sébastien n'avait toujours pas pointé le bout de son nez. La réceptionniste la dévisageait, constatant son impatience et ayant visiblement peur d'une éventuelle crise de nerfs devant l'entrée de l'établissement.

Énervée d'être ainsi scrutée, Gabrielle partit au-devant de son collègue, bien décidée à le réveiller bruyamment. La démarche assurée et le poing serré, elle heurta plus fort que prévu la porte de la chambre. Un silence, puis des bruits de pas hésitants se firent entendre et elle attendit satisfaite, mais avec le visage du mécontentement que le paresseux ouvre enfin.

— Je peux vous aider ?

Une femme d'une petite trentaine d'années, la taille svelte, les cheveux châtain clair et des yeux bleu profond la fixait, perplexe et en peignoir.

— Garnier… euh, Sébastien Garnier… c'est sa chambre ?! douta Gabrielle l'espace d'un instant alors qu'elle y avait déjà mis les pieds à deux reprises.

— Oui, oui. Il est dans la salle de bain, il arrive.

Mélanie dévisagea Gabrielle, ne sachant quoi dire d'autre et curieuse de la femme cherchant son ex-compagnon. Elle était visiblement beaucoup moins féminine qu'elle, habillée d'un jean, de boots et de ce qui semblait être une chemise d'homme. Les cheveux relâchés et un certain charisme donnaient tout de même une certaine présence à l'agent et le visage restait beau, malgré son expression de dureté. « Fille de la campagne ». L'expression traversa l'esprit de Mélanie qui reprit un air assuré et ôta toute idée de concurrence entre Gabrielle et elle.

— Vous voulez que je lui dise que vous êtes là ? demanda-t-elle, relevant un sourcil de façon légèrement hautaine.

Surprise par la question qu'elle trouvait stupide, Gabrielle fit mine de réfléchir avant de répondre.

— Ce serait gentil de votre part, oui. Puisque je suis là et qu'il est là.

La porte se referma devant son nez et Gabrielle, déjà à bout de patience, fulminait dans le couloir, hésitant à repartir sans Sébastien. La porte se rouvrit sur un Garnier apparemment sorti précipitamment de la douche.

— J'arrive, j'en ai pour cinq minutes et... j'ai une petite chose à régler, je reviens. Tu peux m'attendre dans la voiture ?

— Mais bien sûr... je suis au service de Monsieur ! railla-t-elle. J'attends dix minutes et après vous vous trouvez un taxi ou je vous renvoie un tracteur !

— Gabrielle, si tu voulais vraiment te débarrasser de moi, tu n'aurais pas « oublié » de t'occuper de la voiture de location.

— Dégagez de ma vue. Repointez-vous seulement quand vous aurez une tête présentable !

Elle repassa, marmonnant des injures devant la réceptionniste avant de regagner sa voiture, expirant et inspirant fortement.

— Les nerfs, les nerfs, les nerfs ma fille…

Le téléphone sonna et le « allô ! » fut plus agressif qu'elle ne le souhaitait.

— Toujours du matin apparemment.

— Richard, dis-moi que tu as quelque chose d'intéressant.

— Tu es au poste à cette heure-là d'habitude, non ? Garnier est avec toi ?

— Il est en train de se maquiller et ça prend du temps !

— OK. Passons aux choses sérieuses… Un homme est porté disparu depuis hier.

— Et…

— Et il avait en charge des gamins dans un foyer à une trentaine de kilomètres d'ici. En temps normal, je ne me serais pas alarmé sur le métier, mais là… Avec Julien, on part faire le tour des proches et essayer de récupérer les dossiers en charge. Je voulais t'avertir.

Elle raccrocha, perdue dans ses réflexions. Près d'un quart d'heure était passé et un taxi stationna devant elle. Mélanie sortit de l'établissement sans un regard derrière elle et s'engouffra dans le véhicule, visiblement contrariée, sans un bonjour au chauffeur dont le sourire s'effaça dans la foulée. Garnier ouvrit la portière du passager et s'installa en soufflant.

— Désolé pour le retard. Il y a eu un imprévu et…

— Je n'ai pas le temps d'écouter votre vie, là, tout de suite. Un homme a disparu. Il travaillait dans un foyer d'accueil, vous me suivez. Richard et Julien sont partis pour s'occuper des proches et des dossiers à récupérer. Nous, on doit mettre Millériand sous surveillance.

— Et les vignes !

— Les vignes… les vignes… répéta-t-elle nerveusement. Avez-vous pris le temps de regarder le paysage depuis que vous êtes là ? Savez-vous de quel effectif nous disposons dans le coin… renseignez-vous, faites le calcul et vous constaterez que nous avons un très, très, très gros problème ! Le coin entier est fait de vignes… elles s'étalent sur des hectares et des hectares… et même si nous nous concentrions uniquement sur celles de Berchant, il y en aurait encore beaucoup trop pour le peu que nous sommes. Parce que ce fumier est propriétaire de la moitié du « pays », il a des parcelles perdues à des kilomètres de chez lui et on n'est même pas certains que le choix de SES vignes soit volontaire ou non et…

— On va se calmer ! tempéra Sébastien. On respire. On va commencer par surveiller Millériand. « Casanova » t'a envoyé par message ses horaires, autant s'en servir intelligemment. S'il a quelqu'un chez lui, on le verra forcément et s'il tente de sortir pour balader quelqu'un près des vignes, on le verra aussi. Rien n'empêche de suggérer une ronde près des vignes, si ?

Il n'eut qu'un éternuement en guise de réponse. Les yeux se mirent à briller et rosir. Sans un mot, elle démarra la voiture.

— La désensibilisation, tu connais ? charria-t-il.

— C'est votre parfum... faites donc le trajet en courant derrière la voiture pour voir si ça se calme.

Elle le gratifia d'un grand sourire et ils firent le trajet jusqu'à proximité de la maison de Millériand. Du mouvement se distinguait au travers des rideaux clairsemés. Gabrielle avait en tête d'attendre son départ au travail pour faire le tour de la propriété, mais, bien que les horaires transmis par Darrencourt indiquassent neuf heures, l'homme ne semblait pas pressé de partir.

— Pas de nouvelles pour son dossier dans ses anciens établissements ou ici ? interrogea Sébastien.

— Le dossier sur le siège arrière. Je l'ai reçu hier en fin de journée. *A priori*, il aime bien les jeunes filles.

Il se saisit des papiers et éplucha le dossier comportant tout ce qui avait été envoyé tandis qu'elle continuait le résumé.

— Il a été « remercié » de son ancien collège après plusieurs plaintes des parents. Monsieur avait une très, très grande proximité avec ses élèves féminines. Deux ou trois cas n'ont pas été bien loin, mais l'accumulation a fait que l'établissement l'a poussé gentiment jusqu'à la sortie.

— Ça ne s'est pas su.

— Aucune preuve, rien de noté dans le dossier. C'est la secrétaire de l'ancien collège qui me l'a marqué dans le mot avec les fichiers. Ils ne peuvent pas noter des choses qui n'ont pas été formellement prouvées.

— Ça ne repose sur pas grand-chose.

— Pas grand-chose, c'est mieux que rien. Il a très bien pu un peu trop jouer avec Inès à l'époque du collège. Elle a menacé de le balancer et là, il la frappe et la pousse sur les rails. Le souci est qu'il n'a pas de lien avec les autres meurtres et que les méthodes ne sont pas les mêmes non plus.

— Il n'y a peut-être pas de rapport. Peut-être que le nom d'Inès dans les fichiers de l'assistante sociale est une coïncidence et que sa mort n'a rien à voir avec les meurtres de Bué.

— Peut-être qu'il n'y a pas de rapport entre le premier meurtre et les autres ; peut-être que le choix des terres de Berchant est une coïncidence ; peut-être, peut-être, peut-être, continua-t-elle, blasée. En attendant, il n'y a aucune trace exploitable sur ce qu'il reste des corps, aucune trace exploitable sur les lieux de crime et aucune autre piste que les liens supposés entre ces morts. Alors si vous dites qu'il n'y a plus de lien, autant dire qu'on repart de zéro.

— Le matériel utilisé pour les bûchers ?

— Julien fait le tour des derniers achats et la liste est longue ! Les chaînes, même punition en admettant qu'elles aient été achetées dernièrement, ce qui n'est pas certain du tout ; le bois au pied du bûcher, vous en trouvez n'importe où dans le coin, une autre idée ?

La porte du logement s'ouvrit et Millériand sortit d'un pas pressé, scrutant nerveusement sa montre. Visiblement en retard, il balança son attaché-case sur le siège passager et démarra la voiture sans prendre le temps de mettre la ceinture ou de s'assurer que quelqu'un se trouvait derrière lui sur la route.

— On descend, avertit Gabrielle.

— Rien ne nous autorise à rentrer ici !

— Qui a parlé de rentrer pour l'instant ?

— Et Millériand ?

— Il est parti bosser, non ?! Il y a plus intéressant à faire que de l'espionner à travers la fenêtre de son bureau.

Elle claqua la portière, ne laissant pas le temps à Garnier d'essayer de la faire revenir à la raison. Après un coup d'œil aux alentours, elle passa le portail laissé grand ouvert dans la précipitation et longea la propriété entre les murs et les thuyas servant de séparation avec les voisins.

— Tu espères trouver quoi sans rentrer dans la maison, sérieusement ? Tu penses qu'il a laissé des preuves évidentes disposées à la vue de tous devant les vitres ?

— Une autre personne a disparu.

— Ça n'a peut-être rien à voir.

— Non, c'est vrai, acquiesça-t-elle calmement.

Surpris par la réponse, il fronça les sourcils et elle sourit tout en revenant sur le devant de la propriété.

— C'est plus censé, approuva-t-il.

Alors qu'il pensait qu'elle retournait à la voiture, elle s'approcha de la porte d'entrée et l'ouvrit le plus simplement du monde.

— C'est une infraction.

Garnier avait conscience de parler dans le vide, mais ressentait le besoin de se l'entendre dire.

— Ce n'est pas une infraction, la porte est ouverte.

— Comment tu le savais ?

— Je ne l'ai pas vu la fermer en partant.

Elle lui offrit son plus beau sourire avant de rentrer. La décoration plus que basique donnait l'impression d'une habitation neuve encore en instance d'installation. Aucune trace aux murs ne suggérait des tableaux ou photos décrochés et le dessus des meubles du salon ne subissait rien d'autre qu'un bon centimètre de poussière.

— Je ne vous pensais pas aussi coincé, marmonna-t-elle en inspectant les lieux.

— Ce n'est pas une question d'être coincé. C'est une question que rien de ce que l'on trouvera ici ne sera utilisable dans ces circonstances.

— Bingo !

— Bingo quoi ?

— Vous connaissez beaucoup de monde qui allume une cheminée en pleine canicule ?

La jeune femme enfila des gants et fouilla la poussière noire en vain.

— Personnellement, je suis un cinglé qui a des choses à cacher, si je mets des preuves dans le feu, je m'assure qu'elles y passent jusqu'au bout.

— Ça valait le coup de vérifier, apaisa-t-elle.

— Dans tous les cas, c'est effectivement suspect, mais ça ne nous pousse pas plus loin que ça.

Garnier s'avança vers le couloir, cherchant d'autres portes avant d'être attiré par celle qui donnait sur le sous-sol qu'il avait remarqué en faisant le tour de la maison. La poignée se figea et il nota instinctivement que c'était la seule à être verrouillée. Un claquement de portière le fit sursauter.

— Derrière, ordonna Gabrielle.

Elle poussa Garnier vers le balcon de la terrasse donnant sur le jardin et sauta au-dessus de la balustrade, l'invitant à la suivre. Il retomba lourdement sur le sol, grinçant des dents et se relevant péniblement avant qu'elle ne l'attrape par la manche pour se replacer entre le mur et la haie voisine. Millériand de retour sortit les clés de sa poche avant de réaliser que la porte était déjà ouverte. Curieux de ne pas être sûr de sa responsabilité dans cet oubli, il traversa la maison, inspectant chaque pièce et prenant soin de les refermer les unes après les autres. Un courant d'air attira son attention sur la porte arrière. Après un tour d'horizon sur la terrasse et le terrain la jouxtant, elle se saisit d'un lourd dossier probablement oublié et à l'origine du demi-tour. Un bruit de clé signala à Gabrielle que cette fois, la porte ne se rouvrirait plus.

— Et maintenant ? grimaça Garnier en se frottant la cheville.

— Maintenant, vous devriez vous remettre au sport ! Vous manquez sérieusement de souplesse… même pour votre âge !

Poste de gendarmerie

— Elle s'est fait quoi la « princesse » ?

La question de Richard en direction de Garnier boitillant à son retour au poste fit rire Julien.

— Il s'est vautré en essayant de courir, rit Gabrielle.

— En sautant d'un balcon sur lequel nous n'avions légalement rien à foutre, corrigea le blessé.

— Vous êtes allez chez Millériand ? interrompit le commandant Maillard en sortant de son bureau.

— Oui, se contenta Gab.

— Et *a priori* vous y êtes rentrés… lança-t-il avec un air menaçant de parent mécontent. Garnier, vous servez à quoi ?

— Pardon, monsieur ?!

— De vous deux, c'est vous qui êtes censé avoir un minimum de sagesse, non ?! Un peu d'air frais au milieu de la campagne va vous faire du bien !

Tels deux enfants punis, Gabrielle et Garnier regardèrent, étonnés, leur chef attendant le but de la prochaine escapade.

— Il y aura des rondes organisées sur quelques terrains plus ou moins avoisinants de Berchant à partir de ce soir. Si l'homme qui a été enlevé a bien un rapport avec les autres meurtres et que les délais des fois précédentes sont respectés, c'est ce soir que vous devez intercepter le colis. Et comme Garnier a proposé de surveiller les vignes, il n'y verra aucun inconvénient. Je mets une autre équipe sur la surveillance de Millériand à tout hasard, mais sans preuve, nous devons envisager qu'il n'a rien à voir avec les meurtres. Le meurtre d'Inès est le seul qui paraît plausible de sa part pour le moment et là non plus, nous n'avons rien de concret.

— Et moi, je… commença Gabrielle.

— Et toi, tu seras mieux là-bas qu'à forcer la porte de je ne sais quelle baraque sans autorisation ! Estime-toi heureuse que personne ne vous ait vu faire !

Il arbora un regard de colère quelques secondes, fit mine de retourner à son bureau avant d'en ressortir la tête.

— Vous avez trouvé quelque chose chez Millériand ?

— Un tas de cendre dans une cheminée et une porte de cave fermée à clé… répondit Garnier sur un ton blasé.

— Eh bien… Heureusement que vous étiez deux pour assumer toutes ces merveilleuses trouvailles. En attendant, Garnier, occupez-vous de la paperasse et Gabrielle, dans mon bureau tout de suite !

Gabrielle souffla avant de refermer la porte derrière elle.

— Elle se fait souvent remonter les bretelles comme ça ? s'amusa Garnier en direction de Richard.

— Souvent ce n'est pas le mot. Disons que c'est déjà arrivé il y a un peu plus d'un an après une initiative de sa part sur une enquête.

— Grosse boulette ?

— Oui et non. Le problème est qu'elle n'a pas demandé l'accord pour agir et qu'elle aurait pu foutre l'enquête en l'air en se faisant débusquer. On cherchait un pervers qui chopait des collégiennes du coin sur un forum assez populaire. Gab s'est inventé un faux profil pour s'immiscer dans les conversations. Elle a beaucoup discuté avec les gamines là-dessus et a fini par tomber sur le gros malin qui se trouvait être le surveillant du collège.

— Elle m'a parlé de cette enquête et elle m'a dit qu'elle ne s'était chargée que de l'arrestation.

— Elle est bien modeste, rit Richard. Elle a tout fait de A à Z.

Julien lança un regard à Garnier, comprenant ce que cela sous-entendait pour lui. L'idée que Gabrielle puisse être sa mystérieuse correspondante internet le réjouissait plus qu'il ne l'avait envisagé, comme s'il avait finalement toujours souhaité que ce soit elle sans vraiment se l'avouer. La raison du mensonge sur son rôle dans l'affaire lui échappa un court instant avant qu'il ne se souvienne l'avoir vue fouiller dans ses messages d'ordinateur. Elle avait probablement découvert qu'il était son correspondant et s'était couverte du fait qu'il le découvre aussi. Mais alors, pourquoi lui donner rendez-vous le jour même ?

Le téléphone sonna et Julien se précipita dessus, trouvant par cette occasion le bon moyen de faire une pause. Après un instant de conversation, il sourit fièrement, convaincu d'avoir trouvé seul quelque chose pouvant faire avancer l'enquête.

— J'avais téléphoné à l'ancienne école où travaillait notre dernier disparu, Damien Préard. La secrétaire devait me tenir informé si quelque chose lui revenait en mémoire ou si elle entendait quelque chose d'intéressant dans les couloirs. Le problème est qu'elle est arrivée après qu'il a déménagé. Elle ne l'a jamais connu et la direction a changé depuis. En revanche, elle vient de se rappeler que quelqu'un l'a appelée il y a quelques semaines de ça pour demander de ses nouvelles. Elle lui a dit qu'elle se renseignerait et qu'elle le tiendrait informé. Elle a pris son nom.

Julien afficha une tête de suspense, fier de son effet et devant les regards ennuyés de Richard et Garnier.

— Millériand !

Gabrielle sortit du bureau de Maillard au même instant.

— Millériand, quoi ? interrogea-t-elle.

— Millériand a téléphoné à l'endroit où travaillait le dernier disparu, répondit Garnier craignant que Julien ne veuille encore jouer sur le suspense.

— Quelque chose relit Millériand à Préard à par ce coup de fil ? demanda Maillard.

— Non. Les noms ne se croisent dans aucun dossier ni témoignage des proches. Est-ce que c'est suffisant pour le faire venir au poste ?

— Il connaissait la première victime et le dernier disparu. C'est plutôt faible. Rien n'empêcherait d'essayer, mais vu comment s'est passé le premier rendez-vous au collège, préparez-vous à un avocat avec lui. Julien, contactez-le et demandez-lui de se présenter au poste.

Tandis que Gabrielle et Garnier retournaient inlassablement les mêmes fichiers, persuadés de finir par mettre la main sur quelque chose d'évident, Julien se chargea de plusieurs coups de fil dans le vide à l'attention de Millériand et deux messages laissés sur répondeur. Sans nouvelles, il finit par contacter les deux collègues affiliés à la surveillance du conseiller d'orientation. Richard observa la mine perplexe du jeune homme au téléphone.

— Ils disent qu'ils n'ont pas vu revenir Millériand après le travail. Et il n'est pas au collège où il est censé bosser non plus.

Gabrielle souffla. Un moment sans surveillance avait permis à son suspect principal de filer en douce.

— Il faut faire le tour des membres de sa famille pour voir où il est allé.

— Sous quel prétexte ? nous n'avons toujours rien contre lui !

— Il ne s'est pas présenté au travail… c'est une personne qu'on peut considérer comme disparue si le collège prévient la gendarmerie, non ?

— … et fouiller la maison, rajouta Garnier.

— Vous avez des bonnes idées quand vous voulez. Julien et Richard, essayez de tracer le GPS.

Sans attendre d'autres accords, Gabrielle et Garnier retournèrent à la maison laissant la relève repartir. Rien d'extérieur n'avait bougé depuis leur dernière visite, mais Gabrielle fut surprise en passant la porte. La pièce principale apparue sens dessus dessous. Tous les tiroirs étaient ouverts et vraisemblablement vidés à la hâte.

— Pas fan de ménage et plutôt pressé de quitter les lieux… marmonna Garnier.

— C'est tout ce qui vous surprend ?! Les collègues ont dit qu'il n'était pas revenu après le travail. Ils n'ont vu personne. Quand nous sommes venus, ce n'était pas dans cet état-là ! Ça veut dit que quelqu'un a forcément remis les pieds ici sans que les agents devant ne le voient.

— Entre nous et eux… il y a eu un laps de temps qui a suffi, tout simplement.

Gabrielle avançait pièce par pièce constatant le même désordre d'un bout à l'autre de la maison. Le lit de la chambre était défait et quelques habits jonchaient le sol, mélangés à une dizaine de dossiers éparpillés grossièrement.

— Je te sens contrariée, nota Garnier en la rejoignant.

— Contrariée, ce n'est pas tellement le mot. Je trouve ça énorme.

— Énorme ?

— Il savait que nous n'avions aucune preuve contre lui. Rien ne justifie cette précipitation exagérée.

— La panique tout simplement. Ce n'est pas toujours très rationnel.

Elle s'accroupit pour ramasser les dossiers. Des photos de sorties scolaires uniquement concentrées sur les jeunes filles étaient regroupées comme autant de souvenirs. Un autre dossier contenait des informations personnelles sur certaines collégiennes, dont une feuille entière sur Inès. Son téléphone vibra, laissant apparaître le nom de Richard.

— Donne-moi une bonne nouvelle, supplia-t-elle.

— Rien au niveau du GPS. C'était plutôt prévisible vu la voiture, mais on pouvait toujours essayer. Et vous ?

— Un foutoir. Des dossiers en vrac et des affaires par terre. Il faut nous envoyer les scientifiques avant que nous ne touchions à quoi que ce soit. Toujours pas de nouvelles de Damien Préard, je suppose.

— Rien. Une équipe de Bourges essaye de suivre sa piste par rapport à la famille, mais… il faut surveiller les vignes.

Gabrielle raccrocha, déconfite. Surveiller les vignes ne voulait pas dire retrouver la victime vivante et les laissait dans l'attente d'un geste de Millériand. Cela conférait un pouvoir au meurtrier qui la laissait dans un état de frustration, d'impuissance.

— Garnier… les scientifiques arrivent. Attendez là et récupérez les dossiers que vous pouvez récupérer après. Je prends le premier tour de garde à Bué.

8

Une fois les hommes en combinaisons blanches passés pour les empreintes et les preuves potentielles, Garnier repartit, le butin sous le bras ou plutôt une énorme pile de feuilles venant s'ajouter à celles déjà existantes au poste. La nuit commençait à tomber et ce que gardait Millériand chez lui n'avait aucun sens aux yeux de l'agent. Des informations personnelles ou non, ne présentant aucun intérêt, jonchaient son espace de travail. Aucune révélation, rien de plus que ce que lui, Gabrielle, Julien ou Garnier ne savait déjà ne se trouvait là. L'utilité même de ses dossiers lui échappait et le fait de les laisser par terre, éparpillés de cette façon ne semblait pas cohérent même dans la précipitation supposée de Millériand.

L'heure arrivait. Le fameux rendez-vous donné par sa correspondante. Il allait enfin la voir ou plutôt la revoir. Il était à la fois fébrile et curieux. Pourquoi toute cette comédie de la part de Gab ? Ce silence ? Il avait joué le jeu, persuadé que le but était encore une fois de séparer le professionnel du personnel. Était-ce pour le voir lui qu'elle avait fait le trajet à Paris ? Tous les éléments se rejoignaient même s'il ne l'avait jamais trouvée si virulente lors de leurs conversations ? Elle était à l'écoute et plutôt douce, avec juste une pointe d'humour. Que pouvait bien cacher ce genre de revirement, cette rencontre ? Avait-elle l'intention de couper court, apeurée à l'idée qu'il ait fait le trajet juste pour la voir ? Dégoûtée de l'homme qu'elle avait découvert ? Des bruits de talons retentirent derrière lui et il ferma les yeux, inspira, le cœur battant.

Gabrielle apparut au côté d'une collègue, échangeant des banalités sur des dossiers en cours. Les deux femmes stoppèrent devant Garnier. Geste volontaire de la part de la jeune accompagnante, moins de la part de Gabrielle, ne comprenant pas l'arrêt soudain.

— Sébastien ? demanda alors la gendarme qu'il n'avait pas croisée jusqu'à maintenant.

Celui-ci, perplexe, dévisageait les deux femmes.

— Je suis « Reyann ». Enfin… sur internet, se présenta-t-elle. Je suis désolée de ne pas t'avoir écrit plus tôt, mais je reviens tout juste de vacances !

Elle se tourna alors vers Gabrielle.

— J'ai croisé Sébastien sur internet il y a quelques mois. Il est de la maison et il est de passage dans le coin, expliqua-t-elle, ignorant la situation actuelle. Tu vois qu'il n'y a pas que des pervers sur les réseaux !

Devant le regard déconfit de Garnier, elle afficha un air inquiet.

— Ça va ? insista-t-elle.

Il prit le temps de trouver les mots, cherchant ceux qui ne seraient ni vexants ni trop perturbants pour elle. Gabrielle avait écarquillé les yeux avant de laisser échapper un rire étrange.

— Tout s'explique, lança-t-elle.

Elle s'apprêtait à dire quelque chose avant de se censurer elle-même. Mais l'œil étrange ne laissait planer aucun doute sur ce qu'elle pensait à ce moment-là. Le matin même, elle avait croisé Mélanie sortant de sa chambre ; le soir, il attendait une autre femme rencontrée sur un site. Il réalisa alors que l'image déjà bien entachée qu'elle avait de lui s'assortirait d'une belle réputation de mufle.

— Une belle rencontre amicale, se justifia-t-il aussitôt.

Gabrielle balança la tête, visiblement peu convaincue et les lèvres pincées entre la moquerie et le simple acquiescement.

— Bonne promenade à vous deux, se contenta-t-elle de dire avant de laisser seuls les deux correspondants virtuels.

Un pas en avant, dix en arrière, jura-t-il intérieurement avant de se corriger lui-même. *Non, en fait, aucun pas en avant !*

Angélique, le fameux rendez-vous qu'il pensait attendre avec impatience, le regardait, agréablement surprise.

— On va boire un verre ? proposa-t-elle.

C'était une belle femme. Il aurait aimé dire qu'il n'était pas du genre à se soucier de ce genre de détails, mais la vérité était que questionnement il y avait eu sur le sujet. Se sentant d'abord coupable de s'arrêter à une question physique, il avait fini par mettre ça sur le compte d'une curiosité toute naturelle, aidé par ses amis tout aussi intéressés. Après des heures de pronostics sur « à quoi peut bien-t-elle ressembler ? », ils avaient d'ailleurs fini par constater qu'ils avaient tous des goûts bien différents et la beauté extérieure n'était finalement qu'une simple question de point de vue. Gabrielle était belle. La réflexion apparut spontanément dans son esprit. Elle n'avait rien des « canons de beauté » des magazines, aux jambes interminables et aux os saillants ; elle n'avait rien de la femme ultra sophistiquée, ultra féminine, et pourtant... elle était belle. Point. Réalisant qu'il était peu opportun de penser à sa collègue alors qu'il se trouvait avec une autre, il se retourna vers Angélique. Elle lui indiqua le long de la route au bord des vignes pour faire les quelques pas menant jusqu'à un petit troquet. Il restait muet, perplexe. Elle lui déballa sans mal toute sa vie, redonnant les informations qu'il avait déjà vues passer lors de leurs anciens échanges. Elle paraissait sympathique, certes, mais sa conversation n'appelait pas de réponses. Le désintérêt qu'elle portait aux réponses de son comparse et qui ne lui avait pas sauté aux yeux était devenu flagrant maintenant face à face. Ils n'avaient effectivement jamais rien échangé de vraiment personnel, juste des anecdotes de boulots et sans attendre de réels retours. Le web leur avait servi de déversoir. Il éprouva alors une sorte de soulagement évident au manque d'atomes crochus avec elle. S'était-il imaginé qu'une relation romantique pourrait ressortir de cette histoire ? Il en riait lui-même. Avait-il un côté midinette fan des histoires miraculeuses ? Il fallait croire que oui. Mais elle était en face de lui et, bien que belle femme et de caractère aussi agréable comme elle l'avait toujours montré, elle ne lui inspirait rien d'autre qu'un sentiment amical. Sa curiosité l'avait poussé à vouloir savoir plus que ce qu'elle avait donné. Et, là, il constatait de façon presque brutale que cet échange ne lui était plus utile. Il sortit soudainement de ses pensées, étonné par le contact d'un pied contre sa cheville.

— Tu sais… si t'as envie… tu vois…, tenta-t-elle alors changeant littéralement de cap. Entre adultes consentants, on peut rendre cette rencontre spéciale d'une autre façon.

Mélanie numéro 2. La réflexion jaillit aussitôt dans son esprit le rebutant immédiatement. Il se mit à rire devant la tête ébahie d'Angélique. Soulagé de ne pas avoir à se justifier de partir, là, maintenant.

— Non merci. Mais c'était effectivement sympa.

Elle le regarda partir, déconfite. Il sourit et regagna une des voitures de service après avoir récupéré sa veste. Il partit en direction de Bué rejoindre Gabrielle qui n'avait pas donné signe de vie depuis le début de sa garde. Le chemin devenait familier. Il se surprit à le trouver presque plaisant malgré l'occupation vers laquelle il le conduisait. À la tombée de la nuit, l'air devenait moins lourd et c'est détendu que l'homme pouvait enfin apprécier la promenade. La voiture de Gabrielle n'était pas visible, mais ils s'étaient fixé un repère sur l'endroit où elle serait positionnée. Il stationna derrière, entre deux bosquets et aperçut la silhouette reposée contre une clôture de fortune.

— Tu ne dors jamais ? s'amusa-t-il.

— Figurez-vous qu'un couillon a suggéré qu'on fasse surveiller les vignes alors qu'on est déjà en sous-effectif et que les vignes en question s'étalent sur cent cinquante mille parcelles différentes ! Et le comble, c'est que nos supérieurs ont trouvé l'idée judicieuse ! De plus,

Millériand sait sûrement qu'il est sous surveillance et par conséquent, nous perdons probablement notre temps à moins qu'il ne soit assez idiot pour tenter quelque chose malgré tout !

— Rentre chez toi. Je prends le relais pour cette parcelle, proposa-t-il, se doutant d'avance qu'elle refuserait.

— Je ne suis pas fatiguée.

—Tu n'es pas fatiguée ou tu crois que je vais m'endormir pendant ma garde ?

— Ça n'aurait rien d'étonnant. La journée a dû être fatigante. Je suppose que quand on ne voit pas sa petite amie pendant un petit bout de temps, on ne se contente pas de se regarder dans les yeux pour boire un thé. Rajoutez à ça une inspection et des paperasses... et un autre rendez-vous le soir avec une « cagole » d'un site de rencontre douteux.

Garnier afficha un sourire gigantesque.

— Non. Il est minuit passé et je suis encore en forme, sourit-il sans répondre tout de suite à ce qu'il voyait comme une question déguisée.

— Les dossiers... quelque chose dedans ?

— Rien de nouveau. À vrai dire, je ne comprends même pas ce qu'ils faisaient chez lui. Il n'y a rien là-dedans qui ne se retienne pas de tête ou qui ait une importance quelconque. Julien et Richard essayent encore et encore de regrouper toutes les victimes avec Millériand et là encore... chou blanc. Et toi ?

— Un lapin est passé ici il y a quinze minutes de ça.

— Palpitant.

— Mignon, je dirais. Ça m'a distrait pendant une bonne minute.

— Ça, c'est une garde passionnante. Il ne faudra pas oublier de le mettre dans ton rapport.

Il s'appuya à côté de Gabrielle, la dévisagea avec insistance, sachant qu'elle finirait par s'en énerver.

— Vous êtes quand même un sacré emmerdeur. Même à minuit !

Il rit du succès de sa démarche avant de reprendre un ton plus posé et apte aux confidences.

— Ce n'est pas ma petite amie.

— Qui ?

— La fille de l'hôtel.

— Elle a fait un sacré trajet pour pas grand-chose dans ce cas.

— C'est ça. Nous étions censés faire une pause. Je voulais une rupture, mais je me suis dégonflé devant sa demande d'un simple break. Je sortais de cette enquête avec les gosses, j'étais fatigué et je n'avais pas envie de me battre. Et puis, j'ai saisi cette opportunité d'échange avec une petite ville. Je me suis dit que la rupture se ferait plus ou moins naturellement. Ce n'était pas très courageux, je le reconnais.

Gabrielle restait silencieuse et il avait du mal à percevoir l'expression de son visage avec le manque de clarté.

— Des amis m'ont inscrit il y a plus d'un an de ça sur un forum. C'était une blague de bande de gars bourrés et la suite fut plus ou moins inattendue. Reyann… mais tu le sais déjà. La « cagole du site de rencontre douteux ».

— Je ne comprends pas.

— Le nom sur mon écran d'ordinateur. On échangeait nos expériences depuis quelques mois et…

Il se remit à rire.

— Je me suis dit que cette mutation était l'occasion de la rencontrer. Je n'avais pas vraiment d'idée là-dessus. C'est juste la promenade qui a fait que. C'est pour ça que j'ai choisi ce poste. Et je ne regrette pas.

— Je ne comprends toujours pas, insista-t-elle.

— Je croyais que c'était toi, avoua-t-il.

Elle réfléchit un moment les yeux grands ouverts avant de prendre une profonde inspiration.

— J'ai la tête de quelqu'un qui balance ses problèmes personnels sur internet à un parfait inconnu ? Qu'est-ce qui a bien pu vous faire croire qu'il s'agissait de moi ?!

— L'aller-retour à Paris et les probabilités, souffla-t-il.

— Je suppose que vous êtes soulagé.

Il lui lança un regard qu'elle trouva étrange, agrémenté

d'un sourire agaçant.

— Qu'es-tu allée faire à Paris ?

Épuisée de devoir toujours batailler et consciente qu'il avait fourni des efforts de conversations, elle céda une partie du terrain.

— Rencontrer mon géniteur.

Il continua de la fixer, mais de façon plus posée. Elle réfléchit un instant, les yeux sur ce qu'elle percevait de l'horizon.

— C'était une idée stupide. J'ai vécu sans « homme fixe » à la maison avec ma mère toute ma vie et j'ai survécu. Quelle importance de découvrir que celui qui aurait dû rester à proximité ne valait pas mieux que tous ceux qui sont passés avant ou après lui.

Devant le silence de Garnier, elle se raccrocha à son cynisme habituel, retrouvant une contenance.

— J'aurais pris le risque de découvrir que c'était finalement un foutu chieur maniéré et pas vraiment enclin à un séjour à la campagne, ironisa-t-elle. Deux en peu de temps, ça n'aurait pas été supportable.

Il ne répondit rien. Elle attendait. Elle voulait qu'il relance la bataille, les ramenant sur un terrain qu'elle connaissait et sur lequel elle se sentait en sécurité. Il le sentait. Et il prit volontairement la décision de rester muet. Des heures passèrent sans que rien ne vienne troubler la quiétude de la nuit. Une légère brise salvatrice vint enfin apporter un semblant d'air après une journée à plus de trente-cinq degrés.

Garnier observait les lumières des villes avoisinantes, visibles à plus d'une vingtaine de kilomètres, voire plus. Le bruit des pas de Gabrielle traversant les rangées de vignes ressemblait à une caresse sur le sol. Elle marchait lentement, semblant apprécier l'atmosphère et il se surprit lui-même d'être dans le même cas. Il se mit à sourire. Si quelqu'un lui avait dit à peine un mois avant qu'il se retrouverait là, en pleine campagne à des centaines de lieux de chez lui, au beau milieu d'un vignoble en pleine nuit, il l'aurait pris à la plaisanterie. Il s'était toujours vanté d'aimer le mouvement de la grande ville, la vie incessante à toute heure. Il avait intégré depuis toujours le vacarme des klaxons comme bruit de fond évident. Il y avait là deux mondes totalement différents qui ne semblaient pas se supporter l'un et l'autre et il s'en désola finalement alors qu'il en était un des plus fervents railleurs. Le but de sa présence ici, à cet instant, était évident même s'il découlait d'un concours de circonstances et il arrêta son regard sur Gabrielle. La peau pâle illuminait à la lumière de l'astre plein au-dessus de leurs têtes et les yeux pourtant sombres revêtaient une clarté impressionnante. Elle était sereine et cela contrastait avec son tempérament d'ordinaire nerveux. Elle sentit le regard sur elle et se tourna vers lui, étonnée de l'observation silencieuse dont elle était l'objet. Il avait les yeux du prédateur guettant sa proie. À ce moment précis, sans savoir le pourquoi, elle était certaine qu'elle ne se défendrait pas s'il fondait sur elle, là, en plein milieu des vignes. Il s'était montré honnête jusqu'à présent, sur sa venue, sur sa rencontre internet, sur Mélanie. Il semblait droit. Peut-être plus que la plupart des gens qu'elle avait rencontrés jusqu'à maintenant. De là à dire qu'elle finirait par le supporter…

Une branche craqua. Des pas précipités se firent entendre dans le champ voisin.

— Garnier, là-haut !

Une ombre courait sans lumière, écrasant tout ce qui se trouvait sur son passage et semblant être fardée de matériel difficile à identifier. Les deux agents se mirent à la poursuivre et remarquèrent l'ombre d'un véhicule attendant en bas d'une pente sur un chemin de terre.

Dans l'élan, Garnier trébucha dans une tranchée séparant deux parcelles et fut entraîné dans la descente tandis que Gabrielle continuait de courir en sommant l'individu de s'arrêter. Les phares de la voiture s'allumèrent, laissant entendre qu'une autre personne était à l'intérieur guettant le retour de la première.

Gabrielle sortit son arme, tentant de viser les pneus et alerta par radio la deuxième équipe se trouvant plus loin.

— WOH !!! hurla une voix plutôt jeune en stoppant sa course brusquement et relevant les bras. ARRÊTEZ DE TIRER !! VOUS ÊTES MALADE !!

Au fur et à mesure qu'elle s'approchait, la torche de Gabrielle faisait apparaître un visage d'une vingtaine d'années sur un homme habillé de couleurs sombres et embarrassé de planches de bois et de ficelles.

— On voulait juste s'amuser, on ne fait rien de mal !! se justifia rapidement l'intrus.

La voiture du complice tenta une percée sur la route

malgré une roue crevée et roula en zigzaguant sur une centaine de mètres avant qu'un véhicule de gendarmerie ne la stoppe. Garnier se releva et boita jusqu'à sa collègue, perplexe devant la trouvaille de la nuit, peu convaincue d'avoir affaire à la personne qu'ils recherchaient.

— Qu'est-ce que vous foutez là ?! s'énerva Garnier.

Gabrielle observa une nouvelle fois le matériel que le gamin portait avant de baisser son arme et de souffler de la perte de temps.

— Bande de rigolos…, lâcha-t-elle avant de saisir son portable pour contacter les collègues sans avoir à crier à travers champs. Venez chercher tout ça et faites-leur passer la nuit au poste.

— Quoi !? s'insurgea le fugitif. Non, mais…

— Il n'y a pas de « non, mais », gros malin ! Vous n'avez rien à foutre ici ! Allez jouer ailleurs, ce n'est pas le moment !

La voiture de Richard stationna au plus près d'eux, le conducteur de la voiture déjà à l'arrière. Il descendit, remuant la tête avant de remarquer l'état de Garnier, encore essoufflé.

— Ben alors, Garnier, on a plus vingt ans, hein !? Ce n'est plus un âge pour faire des roulades dans la pelouse, rit-il.

— Vous pouvez m'expliquer ? s'énerva l'agent, vexé.

Gabrielle s'approcha de son collègue et balaya d'un

coup de main les brins d'herbe qui recouvraient sa veste.

— Crop Circles, se contenta-t-elle de répondre. Il y en a eu un de fait à quelques kilomètres d'ici. Ça inspire les gosses qui sont en vacances et qui s'ennuient.

— Crop Circles ?!

— Vous avez décidément pas mal de choses à chercher sur internet, s'amusa-t-elle. Des formes géométriques faites dans les champs à l'aide de deux ou trois astuces, mais… chut. La version officielle doit rester celle du passage extra-terrestre.

Un réflexe d'empathie la fit grimacer en constatant une égratignure sur le visage de Garnier.

— Il faudra que je pense à la boîte de pansements pour notre prochaine garde. Vous ne tenez vraiment pas debout, vous !

Le téléphone de Gabrielle vibra et elle observa autour d'elle, perplexe. Les seules personnes susceptibles de l'appeler à cette heure-là étaient présentes autour d'elle. En regardant l'écran lumineux, elle leva les yeux au ciel et crispa un poing comme pour maîtriser son calme devant le regard étonné de Garnier.

— Important ? questionna-t-il.

— Pas plus que d'habitude, répondit-elle plus pour elle-même que pour lui avant de s'éloigner.

Il réalisa qu'elle n'en dirait pas plus ce soir et vit partir la voiture de Gabrielle.

❖

Poste de Gendarmerie le lendemain matin

— Décidément ! Comment va le grand blessé ? J'étais sur le point de vous envoyer une ambulance ! lança Richard à l'attention de Garnier.

— Gabrielle n'est pas ici. J'ai essayé de la joindre.

— Elle a pris un repos exceptionnel aujourd'hui, elle avait des jours en retard de toute façon.

— Elle ne m'a rien dit.

— Vous n'êtes pas mariés aux dernières nouvelles.

— Les gosses sont toujours ici ?

— On a contacté les parents. Ils sont venus ce matin les chercher.

— Les autres gardes n'ont rien donné, je suppose.

— Vous supposez bien. Calme plat. Avec Julien, on s'est occupés et on a fouillé les antécédents du bon vieux Berchant, afin de trouver quelque chose qui aurait pu le relier à Millériand et avoir un semblant de preuve, mais rien du tout... ce bonhomme n'est pas spécialement aimé, mais on peut difficilement mettre toute la ville en garde à vue pour ça.

— Il doit forcément y avoir un moyen de relier Millériand aux autres victimes.

— À part le flirt présumé qu'il aurait eu avec Inès et le coup de fil pour prendre des nouvelles d'un homme toujours disparu, nous sommes complètement dans le brouillard. On dépouille depuis des jours les dossiers de l'assistante sociale et de l'avocate et je commence à avoir les yeux qui se croisent ! Un peu d'aide serait la bienvenue. Il y a forcément quelque chose quelque part.

Garnier tira la chaise du bureau de Gabrielle après avoir saisi une pile de dossiers.

— Julien n'est pas là ?

— Ronde dehors, répondit Richard.

Après un long moment concentré sur les rapports, Garnier releva le nez, se frotta les yeux, étira les bras et plaça les mains croisées derrière sa tête, tentant de la soutenir tout en gardant la posture la plus droite et assurée possible. Richard finit par relever les yeux sur son compagnon d'infortune.

— Gabrielle... c'est grave ? interrogea Garnier.

— Grave comment ?

— Tu as dit qu'elle avait fait une demande exceptionnelle de repos.

— Elle ne m'en a pas dit plus.

— Je croyais que vous étiez proches.

— On est collègues depuis des années, mais Gabrielle n'est proche de personne, garçon. Passe ta route, tu te casses le nez.

Richard rit en mimant un sourire amical et Garnier releva avec fierté le fait d'avoir eu plus de conversation avec elle en une nuit qu'avec n'importe qui d'autre. La pendule semblait tourner avec une lenteur affligeante et il s'étonna de la patience de Richard concentré et silencieux. Entre deux lectures, il envoya un texto à sa collègue, inquiet qu'elle se soit encore plus renfermée depuis la conversation de la veille et par le mystérieux coup de fil en pleine nuit. L'expression qu'elle avait affichée alors ne lui disait rien de bon.

« J'espère qu'il n'y a rien de grave dans le coup de fil d'hier. »

Il s'était torturé l'esprit pour savoir quoi lui écrire qui ne soit pas mal interprété ou trop intrusif et regrettait l'échange si facile et naturel de leurs engueulades.

La sirène des pompiers retentit au même moment. Garnier et Richard s'approchèrent instinctivement de la fenêtre et observèrent le ballet des énormes camions rouges passer la rue au-dessus d'eux à toute vitesse.

— Vu le matériel, c'est un incendie... Il y en a eu plusieurs aux alentours avec la sécheresse. Inutile de s'alarmer. On est en pleine journée, rassura Richard à voix haute. On nous aurait déjà appelés si...

Le téléphone se fit entendre avant même que l'agent ne finisse sa phrase et Garnier décrocha.

— Martial !? s'étonna-t-il. C'est Sébastien Garnier, on s'est vus chez ton patron.

— Je viens d'appeler les pompiers, monsieur Garnier. Quelqu'un a mis une voiture dans le champ du patron.

Elle brûle… elle arrête pas de brûler et je peux pas le sortir !

— Sortir quoi ?!

— Le monsieur dedans…

Garnier écarquilla les yeux avant de prendre de l'élan.

— Martial, ne touche à rien ! Tu m'entends ! J'arrive !

Il raccrocha le téléphone et courut à la voiture embarquant Richard avec lui.

— Tu m'expliques…

— C'est le gosse qu'on a interrogé chez Berchant. Un ami d'Inès. Il dit qu'une voiture brûle dans le champ avec quelqu'un à l'intérieur.

Sur place, le pompier tentait une nouvelle fois de contenir le feu. La progression était moins impressionnante. Totalement paniqué, Martial se débattait aux abords d'une ambulance, les mains brûlées. Garnier se précipita vers les ambulanciers, essayant de le maîtriser.

— Il avait un bidon d'essence dans les mains et elles sont complètement brûlées ! hurla un des hommes en blouse blanche.

Ils étalèrent le jeune homme larmoyant sur le sol et lui injectèrent un produit pour le calmer.

— Attendez ! Qu'a-t-il dit ? C'est lui qui nous a appelés ! s'énerva Garnier.

— Écoutez… il a frappé un de mes collègues quand nous sommes arrivés ! Il est violent et complètement hystérique. Vous taperez la causette avec lui à l'hôpital, OK !? Il y a quelqu'un dans la bagnole là-haut, bon sang !

Richard tira Garnier par la manche, pointant de l'index la voiture dont la plaque d'immatriculation était revenue plusieurs fois sous leur nez au bureau.

— C'est la plaque de Damien Préard, assura Richard.

— Et dedans…

— En pleine journée, ce fumier.

— Les vignes étaient surveillées hier soir… il a été pris de court. Il fallait qu'il se débarrasse du corps et il n'avait pas le temps pour la mise en scène.

Les lances interrompirent leurs jets d'eau, révélant la carcasse noircie à l'avant du véhicule. Un corps calciné était figé dans une expression d'horreur sur le siège conducteur.

— Les scientifiques ne vont pas tarder. Ne t'approche pas trop de la voiture, conseilla Richard à Garnier qui s'avança malgré tout.

L'homme était attaché avec le même type de chaîne que les précédentes victimes à la différence près que son bûcher avait été improvisé à la hâte. L'odeur de la chair brûlée monta alors au nez de l'agent qui s'éloigna pour vomir dans le fossé à proximité.

— Tu crois que le gosse a un lien avec Millériand ? Ils connaissaient tous les deux Inès, interrogea Richard.

— Il n'aurait pas pu faire ça.

— Il n'a pas l'air d'avoir toute sa tête. Il a très bien pu être influencé. De plus, ça explique le choix des vignes de Berchant. Le môme y travaille et y a accès quand il le souhaite à n'importe quelle heure sans que cela ne choque personne. Il ne faut pas chercher plus loin.

Garnier tourna une dernière fois les yeux vers la scène de crime.

— Il faut absolument retrouver Millériand.

9

Hôtel, Sancerre

— Tout va bien, je vous promets.

Garnier avait passé des années à tenter de rassurer ses parents sur sa profession. Il ne pouvait pas se vanter de faire partie de ces lignées faites de flics en tous genres de père en fils. Il était le premier et son forfait téléphonique en avait pâti plus d'une fois.

— Combien de temps restes-tu encore là-bas ? Il y a des supermarchés au moins ?

— Maman... oui, il y a des supermarchés.

Il souffla du type de réflexions qu'il aurait pu faire lui-même quelque temps plus tôt.

— Mélanie nous est revenue contrariée. Qu'est-ce qu'il s'est passé ?

— On a rompu. C'est quelque chose qui arrive à plein de couples tous les jours. Ça n'a rien d'exceptionnel ou de dramatique. Et je vais rester ici un long moment...

— Un long moment ? Un mois ou deux ?

— Je suis sur une affaire qui va prendre du temps et …

— Et quoi ?!

— Je me sens bien, rit-il.

— Ça te faire rire !?

— Oui. Je ne sais pas. Je respire. Tout le monde va bien ?

— Oui. C'est gentil de t'en soucier !

Garnier soupira devant la tentative de culpabilisation, affligé d'y avoir encore droit à presque quarante ans. Après deux ou trois banalités, il raccrocha et se pencha sur les actualités de la région. Les incendies et les meurtres faisaient la une. L'avis de recherche lancé sur Millériand se propageait aussi vite que les images des scènes de crimes photographiées sous tous les angles par tous les journaux possibles du coin et d'ailleurs. Il ne lâchait pas son portable des yeux se souciant du manque de réponse à son message pour Gabrielle. Elle était supposée être en congés et ne voulait pas l'appeler pour l'affaire. Elle le saurait bien assez tôt si ce n'était pas déjà fait. Des pas se firent entendre dans le couloir et on frappa à sa porte. Le visage qu'il ne pensait pas croiser aujourd'hui se tenait devant lui, fixant avec inquiétude.

— Gabrielle…

Il lui fit signe de rentrer, s'excusant du désordre dans la chambre.

— J'ai appris pour Préard. Enfin, je suppose que c'est lui. Pourquoi ne m'avez-vous pas appelée ?

— Richard l'a fait, je suppose.

— Et il a bien fait.

— Tu étais censée être en repos et tu n'as pas répondu ce matin alors... je n'ai tout simplement pas voulu insister. Nous n'avons pas les résultats d'autopsie, mais c'est la voiture de Préard et je pense que c'est effectivement lui à l'intérieur.

— Où a été emmené Martial ?

— À Bourges *a priori*. On ne pourra le voir que demain. Il est sous sédatif.

— Que s'est-il passé ?

Il poussa les vêtements sur son lit, lui faisant de la place pour qu'elle s'assoie puis rejoignit le siège du petit bureau.

— Martial a appelé le poste en panique. Il disait qu'une voiture brûlait et qu'il n'arrivait pas à sortir l'homme à l'intérieur. Quand nous sommes arrivés avec Richard, il était en pleine crise d'hystérie, il avait les mains brûlées et un infirmier soutenait qu'il l'avait frappé et qu'il tenait un bidon d'essence dans ses mains. Le bidon est dans les mains des scientifiques, mais il n'est pas en meilleur état que la voiture. Richard pense que le môme a été manipulé par Millériand.

— Et vous ?

Surpris qu'elle lui demande son avis, il se releva pour s'asseoir à côté d'elle, provoquant une gêne visible.

— Depuis quand mon avis intéresse mademoiselle Gabrielle Lorcat ? s'amusa-t-il.

— Je posais la question par politesse. J'ai appris que vous aviez l'estomac fragile et comme je suis chargée de vous garder, je ne voudrais pas que l'on me fasse de reproches sur mon manque d'attention, se moqua-t-elle, retrouvant son assurance.

— OK. Quelque chose de grave le coup de fil de cette nuit ?

Elle fronça les sourcils devant la question qu'il lui posait pour la deuxième fois aujourd'hui et cherchant comment échapper une seconde fois à la réponse.

— Cette nuit, tu étais plus bavarde. Pourquoi ne pas tenter d'être amis ? On va travailler ensemble combien d'heures par semaine, Gabrielle ?

Amis. Il n'en pensait pas un mot. Libéré de Mélanie et d'une contrainte internet qui n'en avait finalement jamais été une, il voulait autre chose. Conscient qu'il devrait se battre encore un moment, mais peu apeuré par le défi. Il avait envie d'elle, là, physiquement. Elle n'avait pas à jouer le striptease. Elle n'avait pas à le provoquer. Son parfum, sa présence, sa peau blanche à peine découverte par la chemise bâillant légèrement suffisaient à éveiller ses sens.

Elle fixait le sol, ne sachant quoi répondre. Puis, après un moment d'hésitation, elle ouvrit enfin la bouche.

— C'était ma mère. Physiquement cinquante-quatre ans, émotionnellement douze ans.

— D'où les « hommes fixes » non existants, sourit-il.

— Il n'y a pas grand-chose à dire d'intéressant. Elle était mariée avec son premier amour, son grand amour comme elle aime le dire. Il n'était plus heureux avec elle et elle s'est fourrée dans le crâne que le meilleur moyen de le garder était de faire un enfant. À sa naissance, il est parti et comme elle ne supporte pas la solitude, elle s'entiche de mecs qui finissent par être rebutés par ses tendances dépressives et à chaque rupture, elle fait des conneries et on m'appelle en pleine nuit. Elle n'a jamais été une mère. Quand elle a compris que ma présence ne lui permettrait pas de le récupérer, elle m'a rangée dans un coin de la maison comme un bibelot quelconque. Mais je suis sa seule famille alors c'est moi qu'on appelle.

Elle leva enfin les yeux sur lui, souriant.

— J'ai grandi et j'ai fait ma vie sans avoir besoin d'elle ou de qui que ce soit d'autre. Ce n'était pas volontaire, mais j'en tire une grande fierté et je ne ressens aucune tristesse par rapport à ça. Je suis quelqu'un d'équilibré.

— Quelqu'un d'équilibré qui ne veut absolument pas avoir à se reposer sur qui que ce soit…

— Ce n'est pas un problème.

— Mais tu es seule.

Piquée au vif, elle le dévisagea avec une moue de défi.

— En quoi est-ce signe de malaise. Beaucoup de personnes se complaisent dans la solitude et la liberté. Et puis, de la part d'un quarantenaire célibataire…

Il la connaissait suffisamment pour voir dans le cynisme sa méthode de défense favorite.

— Le quarantenaire célibataire a du mal à imaginer que Martial ait quoi que ce soit à voir dans la mort de tous ces gens, changea-t-il de conversation, mais craint de découvrir que Millériand a quand même pu se servir de sa fragilité. Le problème est qu'en dehors d'Inès je ne comprends pas ses motivations pour les autres. Je ne vois rien qui pourrait nous permettre de savoir qui sera la prochaine victime. Il n'a aucun antécédent de violences physiques ou autres dans sa famille et aucun lien avec les autres, en dehors de ce fameux coup de fil passé à l'ancien lieu de travail de Préard où il prétextait être un vieil ami qui le cherchait.

— Pareil.

— Eh bien tu vois qu'on arrive à se mettre d'accord.

— Que donne l'avis de recherche ?

— On va tenter les connaissances et la famille avant de lancer un avis qui va nous attirer plein de coups de fil de gens des quatre coins du pays qui seront persuadés de l'avoir vu.

— On n'a rien, conclut-elle.

— Demain, on retourne au lycée pour faire le tour des collègues et Richard et Julien se déplacent auprès des proches connus.

Elle fronça de nouveau les sourcils, persuadée d'avoir fait l'impasse sur un élément important, quelque chose d'évident qu'ils s'obstinaient à ne pas voir et qui les empêchait d'avancer dans l'enquête.

— Tu dors ici ? murmura-t-il avec un grand sourire.

Elle ne sut vraiment pas s'il la taquinait ou s'il tentait vraiment de la garder ici avec lui et elle se contenta de rire en se relevant du lit.

— Vous aurez suffisamment de souvenirs de la campagne à ramener quand vous rentrerez chez vous, monsieur Garnier. Je ne voudrais pas vous donner l'envie d'y rester plus longtemps que prévu.

— Prétentieuse.

— Bonne nuit, agent Garnier.

Elle passa la porte et il se laissa tomber sur le lit, frustré, mais certain d'avoir gagné du terrain avec elle depuis son arrivée à défaut d'en avoir gagné au poste. Il se trouvait étrangement satisfait de ce constat. Le but de sa venue était de se libérer l'esprit du travail et de redéfinir ses priorités et c'est exactement ce qu'il faisait. Il avait bientôt quarante ans et il se réjouissait de penser enfin à lui.

Collège de Sancerre, le lendemain

— Monsieur Darrencourt, salua Gabrielle en tendant la main. Merci de bien vouloir nous aider.

Elle désigna Garnier pour le présenter et ce dernier se souvint de l'homme de l'enterrement d'Inès. Gabrielle lui fit signe d'aller voir dans la salle des professeurs pour tenter d'avoir quelqu'un d'autre à interroger.

— J'avais prévu de venir vous voir de toute façon, assura Darrencourt.

— ...

— Je sais que je ne devrais pas me mêler de ça, mais je suis proche de la famille et la période est très difficile pour eux. Je suppose qu'il est courant pour vous d'avoir affaire à des gens, des proches, qui s'impatientent et pensent que l'enquête piétine.

— Je ne peux pas me vanter d'avoir l'habitude de ce genre de situation comme vous dites, mais je comprends parfaitement que les familles veuillent des réponses rapidement.

— J'ai appris pour Mickaël Millériand. Vous pensez que c'est lui ?

— Pas vous ?

— Je ne le connais pas depuis des années et sûrement pas assez pour savoir qui il était vraiment, mais je dois avouer qu'il est difficile de se dire qu'on a pu côtoyer une personne capable de telles atrocités sans s'en rendre compte.

— Ça ne vous rend pas responsable pour autant, monsieur Darrencourt.

— Emmanuel.

— Emmanuel. Vous n'avez aucune idée sur l'endroit où il pourrait se trouver ? Il ne vous a jamais parlé de quoi que ce soit…

— Nous discutions de temps en temps ensemble parce que nous sommes arrivés la même année ici. On était les deux « petits nouveaux ». C'était notre seul point commun. Le reste n'était qu'échanges sur les élèves et banalités d'usage. J'aimerais pouvoir faire plus que ça, mais rien ne me revient sur des discussions sur sa vie personnelle. Je sais par les bruits de couloir que vous le soupçonniez d'avoir une liaison avec Inès, mais le meurtre…

Il prit le temps d'une pause, perturbé.

— J'aimerais apporter du réconfort à la famille d'Inès. Elle réclame des informations, quelque chose qui montre que l'enquête avance. Je suis navré.

— Je vous assure que je comprends. Il n'y a aucun mal à ça et vous n'avez pas à vous en excuser.

— Comment arrivez-vous à vous détacher de ce genre de choses, ce genre d'image ? Comment arrivez-vous à prendre du recul après des journées pareilles ?

Gabrielle chercha la réponse idéale qui ne serait ni bien ni mal perçue.

— Un bon film devant une pizza quatre fromages, enfoncée dans le canapé.

Il décrocha un sourire et elle se vanta d'avoir réussi à lui changer les idées.

— Seule ? osa-t-il.

La question sortit si spontanément, si naturellement qu'elle en fut plus amusée que choquée. Elle mima tout de même la fausse indignation.

— C'était indiscret. Je m'en rends bien compte, s'excusa-t-il. C'est étrange, j'ai appris que vous étiez aussi de Bué et je ne vous ai jamais rencontrée.

Elle changea de conversation rapidement pour revenir à Inès.

— Écoutez, dès que nous aurons de plus amples informations sur l'enquête et surtout des informations fiables, la famille d'Inès sera la première au courant. En attendant, si quelque chose vous revient, vous avez mon numéro. Ce peut-être un détail qui vous paraît sans importance, mais on ne sait jamais.

Il lui sourit, peu convaincu d'avoir quelque chose à lui apporter et reparti en direction de la salle des professeurs, la tête basse.

— Dans le genre « j'insiste ».

La voix de Garnier, revenu à l'entrée du couloir, la sortit de ses pensées.

— Dans le genre quoi ?

— Il est bel homme, intello et plutôt sympa...

— Si ça vous intéresse, je vous donne son numéro.

— Ah ah ah.

— Et sinon, quoi d'intéressant de votre côté ?

— Monsieur Mickaël Millériand était, je cite « fort sympathique et sans histoire ». Voilà.

— Génial. Ça nous aide vraiment beaucoup. Richard et Julien m'ont dit exactement la même chose en conclusion de leurs investigations à son ancienne adresse.

— Et du côté de la famille ?

— Il n'a plus que son père et *a priori*, ils n'ont pas gardé contact. Mais on surveille quand même. Il n'a pas pu s'envoler quand même !

La journée défila, occupée de la même paperasse, des mêmes rapports scientifiques décrivant avec exactitude le moindre repas des victimes, mais rien ne permettant de comprendre. Les témoignages s'enchaînaient sur Millériand sans que qui que ce soit ne puisse vraiment se vanter de vraiment le connaître ou de savoir où le trouver.

— Vous voulez une nouvelle qui va vous enchanter, les jeunes ? s'exclama Richard alors qu'ils venaient tout juste de repasser la porte du poste.

— Millériand a été retrouvé et il a signé des aveux complets…, proposa Garnier.

— Nous sommes dessaisis de l'enquête.

— Pardon ? s'étonna Gabrielle, cherchant la mauvaise blague dans les yeux de Julien, la mine défaite.

— Bourges a pris le relais. Ils se sont pointés directement à l'hôpital et ont demandé qu'on leur envoie tous nos dossiers.

— Je croyais que nous devions travailler ensemble ?

— Quelqu'un a décidé de nous écarter. Ou plutôt quelqu'un a joué de ses relations pour que nous soyons écartés.

— Qui trouverait son intérêt dans cette décision ?!

— Il semblerait que monsieur Berchant ne soit pas satisfait du peu d'avancement de l'enquête.

— Depuis quand se sent-il concerné par les victimes ? demanda naïvement Julien.

— Il se fiche des victimes, rétorqua Gabrielle. Il doit justifier de je ne sais combien d'hectares de terres brûlées volontairement. L'assurance lui fait sûrement des misères. Son nom lui permet peut-être de faire pression sur certaines administrations, mais sûrement pas de se faire rembourser un montant phénoménal sans que personne ne soit sûr qu'il n'ait rien à voir dans les meurtres et les incendies. Le fait qu'il ait été interrogé suffit au doute. Que devient Martial ?

— De ce qu'on m'en a dit, il est pour l'instant sous surveillance. Il va être suivi par un psy quelque temps et il ne doit pas bouger. Rien ne prouve vraiment qu'il soit responsable, mais Bourges en est quasiment certain.

— Et ça repose sur le fait qu'il soit légèrement arriéré, je suppose ?

— ... sur le fait qu'il avait le bidon d'essence dans les mains.

— Et bien entendu, il fout le feu à une bagnole avec quelqu'un dedans et après il tente de le sortir en se brûlant les mains, appelle la gendarmerie et attend sagement qu'on vienne l'arrêter avec un bidon sous le bras. C'est tout à fait logique et ça correspondant bien à ses méthodes jusqu'à maintenant.

— Berchant a enfoncé le clou en témoignant du fait que le gosse était passionné par la sorcellerie et qu'il avait déjà montré des signes d'agressivité au travail.

Gabrielle tapa nerveusement dans une pile de dossiers sur son bureau.

— Foutaises !

10

  Les semaines passèrent et les occupations et missions se faisaient plus diversifiées. Aucune autre disparition n'avait été signalée et Gabrielle se posait des questions. Millériand avait peut-être réussi à quitter le pays malgré les avis de recherche et cette idée la révulsait. Les familles des victimes restaient sans réponses et le rôle de Martial dans l'affaire avait déjà fait son chemin dans l'esprit des gens avant même qu'il n'ait réellement été prouvé. La vie du poste avait repris un rythme quasiment normal et si Gabrielle n'en parlait pas, elle restait dans l'attente d'une date de départ de Garnier sans savoir si elle l'espérait ou la redoutait. Il donnait toujours l'impression de jour de repos débordés et se contentait d'un sourire quand elle lui demandait ce qu'il en faisait par politesse. Elle le soupçonnait d'attendre qu'elle fasse le premier pas et son petit air vaniteux et trop assuré la confortait dans le fait qu'il valait mieux qu'elle reste à sa place. Il avait pris ses habitudes aux commerces et supermarchés du coin, avait repéré plusieurs troquets avant d'en avoir choisi un comme quartier général où entraîner Julien et Richard. Son intégration aux lieux avait finalement surpris tout le monde, Gabrielle en premier. Sabine, elle, s'efforçait de lui vider l'esprit de l'enquête en la promenant de force dans tous les appartements à louer des alentours, mais sans avoir l'air pressée de quitter le confort de la maison de son amie. La présence de cette colocataire envahissante était devenue une source de réconfort. Le mouvement qu'elle apportait dans la maison changeait singulièrement des bruits de fond audiovisuels qui avaient fini par la lasser. La maison semblait un peu plus respirer. Les volets étaient ouverts bien plus souvent. Mais, si elle se sentait plus détendue, quelles que soient les occupations, chaque retour à proximité de Bué la ramenait à Martial, Inès et les autres. Les journaux avaient fait les choux gras de l'histoire et les visages étaient toujours placardés sur les vitrines des bureaux de presse.

Poste de Sancerre

Garnier balança un papier sous son nez avec une adresse.

— L'adresse du meurtrier ?

— Non, la mienne !

— La vôtre ?! répéta-t-elle, étonnée. Un appartement ? La chambre trois étoiles n'est pas au goût de monsieur ?

— Je vais rester ici un moment. La chambre d'hôtel va finir par me coûter cher.

— Un moment c'est combien exactement ?

— Ça t'inquiète ? Il ne faut pas. Je n'ai pas l'intention de partir tout de suite. Je te manquerai.

— Ben voyons. Je suis curieuse de savoir ce que va en penser votre famille…

— Elle est enchantée, bien évidemment.

— « Bien évidemment ». Je ne les imaginais pas aussi réceptifs.

— Mon imagination à moi ne s'arrête pas à ce genre de sujets.

Elle se tut, mouchée puis usa d'une pirouette pour changer de conversation.

— J'espère que vous avez choisi un logement assez loin d'ici.

Il rit.

— Non. À mi-chemin entre le poste et chez toi. Une petite maison en location... avec un carré de pelouse, s'extasia-t-il. C'est la première fois que j'ai un carré de pelouse !

— Félicitations, dit-elle, feignant l'admiration. Vous avez trouvé rapidement.

— Richard m'a aidé. J'étais parti sur de mauvaises bases avec lui aussi... mais, lui a mis de l'eau dans son vin.

— Je ne sais pas si ça m'étonne de lui, de vous ou des deux en fait, mais c'est bien. Je ne vous imaginais pas si sociable.

Il sourit, prenant la remarque pour un compliment.

— C'est au service administratif qu'il faut donner cette adresse !

— C'est déjà fait. Celle-là est pour toi. Crémaillère bientôt ! à moins que tu ne veuilles venir visiter avant. En tout bien tout honneur, bien entendu.

Le fait qu'il parle d'un aménagement qui n'avait rien de temporaire aurait dû ôter toute idée de fantasme. Mais, force était de constater, qu'elle avait toujours autant envie de le baffer et toujours envie de le déshabiller. Se retrouver ensemble dans sa maison à lui… une énorme alarme hurlait de façon stridente dans son crâne. « Concentration », se scanda-t-elle intérieurement, fixant ses informations.

— Qu'est-ce que tu regardes ? demanda-t-il.

— Martial est sorti du centre où il était suivi ce matin.

— Et de quoi tu as peur ?

— De l'accueil dans une petite ville où tout le monde s'est persuadé qu'il brûlait des gens et des vignes la nuit. Des réactions de la famille…

— Ils ne feront rien sans preuve.

Gabrielle émit un rire nerveux puis reprenant un air calme elle tendit à son tour une feuille avec une date.

— Un rendez-vous galant ? se réjouit-il.

— Le bal des sorciers. Vous voulez du folklore. Voilà du folklore.

— Tu y vas ?

— Je crains bien que Sabine ne m'y traîne de force.

— Je rentre chez moi à Paris ce week-end, mais après je serai tout à toi ! Je suis curieux.

Bué,

Berchant observait les hommes monter les barnums pour la fête. Il se contentait de tourner autour d'eux, lançant des ordres plus ou moins appréciés sur l'emplacement des pieds, des accroches et la tâche censée être conviviale commençait à taper sur les nerfs de certains.

— Avec toutes les terres qu'il a perdues, il n'a pas autre chose à foutre que d'être sur notre dos, ronchonna un des volontaires à l'attention de ses voisins de labeur.

— Martial aurait pu fournir un effort de plus, ricana un autre.

— Ce fumier de Berchant attend un montant phénoménal de l'assurance. Il n'a pas fini d'avoir le melon. Il sera deux fois plus riche que s'il ne s'était rien passé.

— Des gens sont morts, stoppa un homme muet jusqu'alors. Je doute que l'assurance rembourse quoi que ce soit par rapport à ça ! Respectez ça et ignorez cet emmerdeur.

L'installation s'éternisa, la quantité de personnes nécessitant de plus en plus de places tous les ans.

— Vous croyez franchement qu'avec tout ce qu'il s'est passé ici, les gens vont avoir envie de s'éclater dans le coin et danser autour d'un faux bûcher ?

— Ne pas le faire serait reconnaître que cette tradition est responsable de ce qu'il s'est passé et ce n'est pas le cas. On en a débattu assez longtemps au conseil. La décision a été prise. Quant au monde qu'il va y avoir, je ne dirais qu'une chose : ne sous-estimez pas la curiosité morbide de la population et des touristes !

Un blanc s'installa quand les parents d'Inès arrivèrent au milieu de la troupe. Ressentant le malaise, Étienne Lormeau gonfla le torse, salua ses amis comme à l'ordinaire et se dirigea vers la pile de bancs.

— Alors… on les met où ?!

L'atmosphère se détendit après une heure d'échange et de fausses chamailleries sur la décoration. Quelques villageois s'étaient rajoutés au groupe ainsi que les membres des comités des fêtes des communes voisines arrivés avec le matériel nécessaire. La scène donnait un avant-goût sympathique de la soirée.

— On a perdu Berchant, je crois, s'amusa l'un d'eux.

— Je pense que nous n'aurions pas dû l'envoyer chercher les bouteilles !

— Pendant ce temps, il ne nous gonfle pas.

Le soleil cognait et les gouttes de sueur n'en finissaient plus de couler sur les fronts mal protégés et rougis. La bonne humeur effaça la pénibilité et ils trinquèrent avec les boissons fraîches stockées non loin de là. Cette année, le bal laisserait probablement un sentiment étrange dans l'esprit de la ville et chacun s'y préparait à sa façon.

Paris

— Le fils prodige est de retour !!

Une foule inattendue faite de famille, d'anciens collègues et d'amis se trouvait serrée dans la salle à manger de l'appartement des parents de Garnier. Un bouchon vola et les voix se mélangèrent pour ne provoquer plus qu'un brouhaha incompréhensible.

— Est-ce que c'était vraiment nécessaire ? demanda la star de la soirée en dévisageant son frère.

— Regarde bien autour de toi, mon grand !

Il lui fit faire le tour de la pièce, insistant sur le coin où se trouvait Mélanie parée d'une de ses plus belles robes, puis tira la manche jusqu'à la porte-fenêtre de balcon donnant sur des rues de la capitale.

— Tu vois… des gens civilisés ! Des magasins et loisirs à portée de main, des bistrots à foison et la tour Eiffel !! Et là, derrière toi, nous tous ! Qui serait assez cinglé pour quitter tout ça et s'enterrer dans le trou du cul du monde.

Garnier s'appuya sur la rambarde, fronçant les sourcils aux passages intempestifs des voitures puis sourit.

— J'adore cette ville, commença-t-il.

— Je suis heureux de l'entendre.

— Mais le fait d'aimer la ville n'oblige pas à détester la campagne, si ?

— Attends… j'ai bien en face de moi l'homme qui jurait ne jamais vouloir habiter à un endroit où le métro n'existait pas ?! À quel moment as-tu rejoint le côté obscur de la force ?

— C'est fou tu vois, mais... je regarde la rue là et je vois énormément de gens qui se croisent sans même se regarder, je vois un chien énorme dans l'appartement en face coincé derrière une baie vitrée dans un salon qui doit mesurer à peine dix mètres carrés, je vois le ciel noir, j'entends les coups de klaxon intempestifs et je vois le prix du loyer que je paye ici et celui que je vais payer là-haut, finit-il en riant. Et puis c'est vrai que le boulot n'est pas le même. Je me fais un peu insulter là-haut, tu vois.

— OK... comment elle s'appelle ?

— Qui, comment elle s'appelle ?

— Il y a forcément une gonzesse là-dessous. C'est ça ou une lobotomie.

Garnier afficha un grand sourire.

— Aucune femme. Juste une grosse bouffée d'air pur et frais étalée sur des hectares de verdure avec juste ce qu'il faut de bout de villes autour.

— Mouais. Tu nous la présenteras quand même quand on viendra.

Éric reprit un air sérieux et protecteur.

— Tu as digéré l'affaire Gorderieux ?

— Je ne digérerai jamais l'affaire Gorderieux. Je ne veux plus de ce genre d'affaires justement. J'admire les collègues qui gèrent ces dossiers leurs vies entières.

— Il y avait sûrement possibilité d'en parler au lieu d'aller t'exiler à deux heures de route d'ici. On n'est pas du métier, mais on peut comprendre certaines choses quand même.

Garnier secoua la tête.

— Tu sais, là-bas, quand on voit que tu fais la tronche, on te tape dans le dos, on t'emmène boire un verre et on ne te pose pas de questions… On sait déjà. « Tout le monde se connaît, tout se sait », conclut-il en riant. Je ne dis pas que j'y resterai éternellement, je ne fais pas de plan aussi loin, mais là, je me sens bien et je profite.

— Bon… on a plus qu'à vider ton appart et te refoutre dans le train avec tes cartons de traître.

Deux rues plus loin, une fois la soirée terminée, Garnier se terra dans la fraîcheur de son futur ex-bureau. Ses yeux brillaient sous la lumière artificielle de son ordinateur. Ses affaires étaient en ordre, ses papiers triés, ses cartons quasiment tous scotchés. Il s'était déjà demandé si quitter cet appartement n'était pas un peu précipité. Mais payer deux loyers ne convenait pas à son budget. Les mains supplémentaires de Richard et Julien l'attendaient pour aider à déballer tout ça dans son nouveau domicile. Il était amusé de constater que même ici, son esprit était resté à la campagne. Son ordinateur était la seule chose encore non emballée de l'endroit. Il attendait sur le canapé, seul, au milieu de ce qui était avant son coin salon. Il saisit « nuit des sorciers » dans sa barre de recherche, curieux de ce qui l'attendait.

« Crée en 1946, par le curé du village de l'époque, la Foire aux Sorciers, devenue La Nuit des Sorciers en 2008, est la

plus ancienne fête du Sancerrois. Elle se déroule le 1er Week-end d'août dans le creux de Marloup.
Dans une ambiance bon enfant, birettes et sorciers envahissent le champ pour une soirée riche en couleurs et rebondissements. Dans ce cadre diabolique, entre coteaux et forêt, les bénévoles de l'A. B. E. P. (association buétonne d'éducation populaire) redonnent vie aux légendes d'autrefois. Pour vous mettre dans le bain, vous serez invité à goûter le fameux jus de lézard, breuvage dont la recette reste un mystère. Diverses animations, un repas champêtre, le self des sorciers et une buvette, où vous pourrez déguster les crus locaux, vous feront patienter jusqu'à la tombée de la nuit.
Le jour s'en est allé, la magie de la sorcellerie va pouvoir opérer. Les birettes entament leur descente aux flambeaux à travers les vignes, elles rejoignent la foule avant d'aller enflammer le bûcher ou trône une sorcière. Pendant que les flammes montent dans le ciel, birettes et sorciers se lancent dans des danses aux rythmes endiablés entraînant avec eux les spectateurs émerveillés par un splendide feu d'artifice.
La soirée continuera par un bal populaire jusqu'au petit matin. »[1]

— Ça risque d'être intéressant, murmura-t-il pour lui seul.

---

[1] *Texte issu du site de Bué : www.bue-sancerre.fr/evenement/*

11

Bué

Garnier cogna à la porte de la maison où il n'avait encore jamais eu l'honneur de mettre les pieds. Celle de Gabrielle. Il ne voulait pas promener la voiture de fonction dans n'importe quel chemin en dehors des heures de boulot et Richard et Julien ne pouvaient les rejoindre que plus tard. Le visage joyeux et grimé de maquillage de Sabine apparut devant lui.

— Entrez, entrez, jeune damoiseau !

Elle avait revêtu un déguisement de sorcière assez impressionnant. Le décolleté était plus ensorcelant que la fausse araignée accrochée à son épaule et à la fausse toile retombant de son chapeau dont la pointe touchait presque le plafond.

— Le fameux Sébastien Garnier, s'exclama-t-elle alors. Si monsieur veut bien ?

Elle lui fit signe de rentrer pendant qu'elle finissait de se préparer.

— Gabrielle arrive. Il m'a fallu un mal fou pour la convaincre de venir alors ne la contrariez pas, avertit-elle.

Garnier explora la maison silencieusement. Il esquissa un sourire à la vue de la bougie parfumée dans l'entrée. Il reconnut le parfum que Gabrielle portait parfois sur ses vêtements. L'endroit était lumineux et organisé. La vue de la porte-fenêtre à l'arrière était magnifique, donnant sur les vignes et Bué, au loin. Il avait grandi en appartement et s'amusait du fait qu'à la campagne, un grand espace était presque vital, même pour une personne seule. Il fit le tour rapide du salon, arrivant aux mêmes constatations que Sabine. Le point principal de la maison était bel et bien la table basse et le canapé attenant. Il balaya du bout des doigts les quelques feuilles amoncelées pour trouver toutes les coupures de journaux évoquant l'affaire du « chasseur de sorcières ». Visiblement, elle ne lâchait rien. Chaque papier portait les marques répétées des doigts obstinés. À côté, l'ordinateur portable ouvert laissait apparaître l'écran d'accueil. Une image de Sabine grimaçante s'étalait du bout à l'autre de l'écran.

— C'est moi qui l'ai mise, lança cette dernière comme réponse à la question muette. Elle n'est pas très fan des photos et j'en avais marre de son écran noir.

Il sourit simplement. Effectivement aucune autre photo n'agrémentait les murs ou meubles de la demeure. De la couleur attira néanmoins son attention dans la pièce voisine. La porte ouverte laissait entrevoir une petite bibliothèque. Des posters de séries télévisées plus ou moins anciennes comblaient les endroits sans étagères. Des DVD s'intercalaient entre les piles de livres. Sabine le suivait, amusée, dans son inspection, prenant le soin d'expliquer chaque chose comme si elle organisait la visite d'un musée.

— Elle ne regarde presque jamais la télé. Il pourrait y avoir une guerre, elle ne serait même pas au courant. Quand les écrans sont allumés, soit ils servent de bruits de fond, soit ce sont des DVD.

Il passa la main sur les étagères de livres, de plus en plus curieux. Des thrillers. Beaucoup. Une passion visiblement. Un peu de "fantasy", mais une quantité suffisamment minime pour qu'il comprenne que ce n'était pas vraiment son genre préféré. De la romance. Il stoppa un moment. Évidemment. En avoir peur n'empêchait pas d'en espérer. Il ressentit une sorte de soulagement à cette petite évidence. Un sentiment de solitude pesante l'envahit l'espace d'une seconde comme répondant à l'écho qu'il était persuadé d'entendre.

— Je devrais faire payer la visite ! lança Gabrielle à l'entrée de la pièce.

Un regard désapprobateur à l'attention de Sabine fit quitter la pièce à celle-ci avec une moue boudeuse.

— C'est moi qui me suis montré curieux, justifia-t-il.

— Oh, mais ça, je n'en doute pas, sourit-elle.

Elle avait enfilé son propre déguisement : une sobre robe longue bordeaux, un chemisier ancien couleur crème resserré d'un corset en tissu foncé dont le laçage avait nécessité le concours de Sabine. Elle brandit un masque de l'arrière de son dos.

— Si l'un de vous deux doit me faire honte ce soir, autant faire en sorte qu'on ne me reconnaisse pas.

Elle lui fit signe de sortir de la bibliothèque. Pendant que Sabine faisait le tour des ouvertures pour constater qu'elles étaient bien verrouillées, Gabrielle souffla sur les bougies sous l'œil attentif de Garnier. Il était étrangement calme et elle fronça les sourcils un instant en le dévisageant.

— Un problème ? demanda-t-elle.

Il se contenta de remuer la tête en guise de non et passa la porte pour rejoindre la voiture, les mains dans les poches. Il garda le mutisme quelques minutes de trajet avant de voir le véhicule quitter les chemins éclairés.

— Euh… on va se perdre là, non ?

Il observait sa conductrice s'enfoncer dans un chemin de terre, guidée par de petites pancartes illustrées de sorcières pointant le doigt toujours plus loin.

— Vous avez peur dans les bois, monsieur Garnier, se moqua Sabine.

— C'est ça oui… ce qui me fait peur c'est la conductrice de cette voiture. Je sais qu'elle n'attend que de pouvoir se débarrasser de moi !

Gabrielle se contenta de sourire en le dévisageant dans le rétroviseur. Elle tourna le volant, rentrant dans un champ servant de parking, entouré de bosquets. Rien n'était visible du monde extérieur. Une sorte de drone planait au-dessus d'eux, une sorcière de tissu accrochée à son ventre. La musique résonnait ; la fête ayant déjà commencé deux heures plus tôt. Un barbecue géant apparut une fois une entrée passée au milieu des feuillages et un chemin lumineux les poussa au milieu d'un gigantesque rectangle de barnum. Garnier cherchait Richard et Julien du regard. Ils devaient arriver après leurs gardes. En attendant, buvette, restauration, maquillage pour les enfants et souvenirs, tout y était. Un grand chaudron attira l'attention de Garnier près de la piste de danse improvisée avec de la terre légèrement pentue.

— Jus de lézard, répondit Gabrielle, devinant la question.

— Jus de lézard… bien sûr. C'est une idée où il y a cent fois la population de cette ville dans ce bois !?

— Cette soirée est réputée, Garnier.

— Et la tenue d'époque que tu portes là... c'était obligatoire ?

— Non. Mais ça m'amusait !

— Tiens donc. Des choses t'amusent, toi !

Il s'étonna de la bonne humeur et de la légèreté de la jeune femme. Avait-elle déjà entamé la soirée avec un verre ? Rien ne l'assurait. Peut-être juste le fait d'avoir un masque et un costume sur elle lui permettait de se sentir inconnue, au-delà des regards. Un visage familier s'approcha d'eux alors qu'ils étaient toujours bloqués à l'entrée. Les yeux de Sabine s'illuminèrent devant ce qu'elle qualifiait de « beau morceau ».

— Gabrielle, monsieur Garnier. Quelle surprise de vous voir ici ! s'exclama Darrencourt. Vous vous êtes enfin décidée à sortir de chez vous pour découvrir les gens de la région.

Sabine s'approcha du petit groupe, curieuse de l'homme à la belle stature discutant avec sa meilleure amie et Gabrielle sauta sur l'occasion.

— Emmanuel. Je vous présente Sabine. Sabine, monsieur est professeur au collège de Sancerre.

— Je savais que j'aurais dû rester plus longtemps à l'école ! sortit-elle spontanément. Il ne me semble pas vous avoir déjà vu ? Vous avez toujours été du coin ?
— Oui. Pas vous ?
— Le boulot ne se trouve pas forcément à l'endroit où l'on aimerait vivre, mais je me plais beaucoup ici. Les

gens ont une belle mentalité et c'est très familial. Tout le monde se connaît.
— Si j'avais reçu un euro à chaque fois que j'ai entendu ça… rajouta Garnier en arrivant derrière eux.
— Vous dansez ? demanda Darrencourt à Gabrielle.
— Je suis bien piètre danseuse, mais Sabine est une pro !

Darrencourt, d'abord gêné se laissa entraîner vers la piste sous l'œil amusé de Garnier. Il était évident qu'il avait jeté son dévolu sur une Gabrielle peu intéressée.

— Tu sais te débarrasser des gens toi, constata-t-il.

— C'est étrange parce que vous, vous êtes toujours là !

— Tu n'as peut-être pas vraiment envie de te débarrasser.

— Si, mais j'ai trouvé un moyen beaucoup plus amusant.

Elle lui prit le bras et l'attira vers le chaudron rempli de liquide verdâtre.

— C'est fort en alcool ? s'inquiéta-t-il.

— Rien de bien méchant pour un grand gaillard comme vous !

Elle tapota son gobelet et avala la substance douteuse en gardant le visage le plus figé possible. Elle lui offrit un grand sourire le laissant perplexe sur le sujet de ses pensées. Après une gorgée de la potion étrange, elle observa la foule, semblant rechercher quelque chose ou quelqu'un de précis.

— Que cherches-tu ?

— Je ne sais pas vraiment en fait. C'est étrange de se dire qu'il est peut-être ici.
— « Il » ?
— Le tueur. C'est même certain.

Il balaya le monde autour de lui des yeux. Des centaines, des milliers de personnes continuaient de s'entasser autour de la nourriture, de la buvette, de la piste de danse, des divers jeux proposés. Trop de monde, trop de déguisements, trop peu d'indices sur la personne qu'il était supposé être. Peut-être cherchait-il aussi quelqu'un qui n'existait pas. Peut-être que le coupable était déjà trouvé malgré leurs convictions personnelles.

— Un mec qui brûle des gens sur des bûchers sur des terres de Bué, continua-t-elle. Comment ne pourrait-il pas être là ce soir ?
— Je suis plutôt surpris de ne pas avoir entendu ou ne serait-ce que murmurer le prénom de Martial depuis notre arrivée. Si toi… si, moi, je ne crois pas en sa culpabilité, c'est loin d'être le cas de tous les autres.

— Il vivait ici depuis toujours. Je pense que cela met tout le monde mal à l'aise, mais… je ne sais pas, c'est étrange comme climat, même pour le coin.
— Je suis surpris de l'absence de Berchant.
— La soirée n'est pas terminée, assura Gabrielle en finissant son verre.
— C'est aussi bizarre que cette fête attire autant de monde malgré les évènements ?

— Beaucoup de gens viennent de l'extérieur et ne sont même pas au courant des évènements dont vous parlez.

Pour les autres, je comprends qu'ils n'aient pas fait le choix de laisser démolir une tradition connue à cause d'un fou.

Elle s'écarta du comptoir et saisit la main de Garnier pour l'entraîner sur le même pas de danse que le reste de la foule.

— Je croyais que tu ne savais pas danser.
— Pas du tout, mais apparemment vous non plus alors…

Elle rabaissa son masque sur son nez. Il fouilla sa mémoire et constata ne jamais l'avoir vue aussi souriante depuis qu'il était arrivé ici. La fameuse boisson diabolique n'était selon lui pas tout à fait étrangère à cet état de fait même s'il était persuadé qu'elle en avait finalement assez peu bu et qu'elle était plus lucide qu'elle ne le semblait.

Après une grosse demi-heure de danse endiablée et la prodigieuse chute de l'estrade d'un clown enivré, engagé pour amuser les enfants, la musique se coupa brusquement et les lumières s'éteignirent toutes en même temps, les plongeant dans le noir total. Une installation audio diffusa un bruit de vent et de hurlement de loups.

Les gens se regroupèrent à l'aveugle, tentant d'apercevoir ce qui descendait du haut de la butte de vigne voisine. Des torches habillées de flammes rouges descendirent lentement, une rangée sur deux, tenues par des spectres vêtus de draps blancs et de masques mortuaires. Ils semblaient danser et l'atmosphère particulière laissait les spectateurs les yeux écarquillés et les bouches ouvertes. Un bûcher plus bas s'éclaira à leur arrivée. Une plateforme de bois et un piquet entouré de paille semblaient attendre leur victime. Un personnage habillé en sorcière fut alors attaché et les monstres dansèrent autour, arrosant la paille à ses pieds de leurs torches jusqu'à ce que le ciel fût illuminé des crépitations exagérées de la scène. Garnier ressentit le besoin d'être au plus près pour vérifier qu'il s'agissait uniquement d'un mannequin. Il rit de lui-même aussitôt. Cette affaire le marquait plus qu'il ne le pensait. Il avait laissé la paranoïa l'envahir. Il remua sa chemise, tentant de se débarrasser de la chaleur toujours aussi étouffante. Quelques minutes à peine avaient suffi à faire disparaître le personnage fait de matière impossible à déterminer de l'endroit où les gens se trouvaient. La foule se mit à applaudir et un premier pétard éclata, faisant sursauter ceux qui venaient pour la première fois.

— J'avoue que je ne sais pas trop si je dois applaudir où me barrer d'ici en courant…

Il se retourna, surpris de ne plus voir Gabrielle à proximité et fouilla la foule de nouveau éclairée. Les couleurs des néons se mélangeaient au fur et à mesure de la soirée et tout le monde s'était vidé l'esprit de pensées négatives. Seule importait l'ambiance du moment et les verres se remplissaient aussi abondamment que la piste de danse. Les gens autour de lui étaient en sueur, les visages rougis de l'effort et de la boisson combinés. Garnier partit se désaltérer et se lança dans une conversation plus ou moins étrange et loufoque avec deux personnalités de la ville, persuadé de finir par retrouver sa coéquipière. Après quelques minutes, il trouva une brèche, un espace libre, enfin de l'air. Gabrielle semblait l'attendre à l'écart de la foule, le fixant le sourire aux lèvres. Elle releva légèrement son masque et l'appela d'un regard. Elle tourna lentement les talons pour s'éloigner encore. Intrigué, il reposa son verre, jeta un dernier coup d'œil derrière lui, avant de suivre les traces de sa sorcière d'un soir. Ils avaient définitivement perdu Sabine lorsqu'avaient résonné les premières notes de musiques entraînantes. Il n'y avait plus qu'eux. Malgré la population et la cohue.

La chaleur moite pénétrait sa peau toujours peu acclimatée à la région et il desserra son col d'un autre bouton. Il retrouva Gabrielle, une quarantaine de mètres plus loin, blottie au creux d'un mur décoré de rosiers, séparant deux parcelles de vignes, écarté des festivités et la nuit redevint presque calme. Il n'entendait plus que le souffle de la femme adossée aux briques fraîches d'une maison ancienne. Il s'avança, muet, attendant une explication ou une invitation et se contenta d'un battement de cils et d'une main tendue attrapant la chemise blanche pour l'attirer vers elle. La lumière de la lune révélait des reflets dorés au marron pénétrant. Il passa machinalement sa langue sur ses lèvres sèches et tenta de calmer le pouls emballé à l'idée d'avoir enfin ce qu'il recherchait. Sans un mot, il s'approcha d'elle, imposa sa stature contre le corps étouffé sous le déguisement qui ne cachait rien des battements saccadés du cœur qu'il recouvrait. Sa bouche se plaqua aux lèvres sucrées, parfumées de légère vapeur d'un liquide trop alcoolisé pour elles. Le baiser timide se transforma en élan plus passionné, l'excitation du moment prenant le pas sur tout le reste. Il fouilla la bouche rose de sa langue, cherchant le contact de la sienne, les faisant danser de façon désordonnée. Ses mains se glissèrent jusqu'au laçage arrière de la robe d'une autre époque, cherchant à libérer le corps de sa prison de tissu. Peinant à défaire les nœuds savamment faits quelques heures plus tôt, il tira d'un coup sec, les craquant suffisamment pour qu'ils ne soient plus un obstacle. Ses mains brûlantes glissèrent alors sous le corsage, l'écartant de sa propriétaire centimètre par centimètre, révélant doucement sa poitrine tendue vers lui, secouée par sa respiration chaotique. Le tissu acheva sa chute, provoquant un frisson chez Gabrielle. Elle n'avait pas été nue devant un homme depuis des années. Elle n'avait laissé personne la caresser de cette façon, à un endroit aussi peu sécurisé. Le souffle court, les pupilles dilatées par l'envie, il écarta les pans de sa propre chemise pour presser son torse sur la peau offerte devant lui.

— Gabrielle… murmura-t-il entre deux baisers, pressant leurs hanches et provoquant l'enflammement aux creux de ses reins.

Comme dans son imagination, il aspirait littéralement sa peau de baisers fiévreux, partant de son cou, redescendant jusqu'à ses seins. Elle tenta tant bien que mal de retenir ses gémissements alors qu'elle le sentit tirer sur la cordelette retenant la jupe. Dans un geste désespéré de sa conscience, elle eut le réflexe de la retenir, en vain. Il avait déjà passé ses mains sous les volants, agrippant le dernier rempart de dentelle, le baissant jusqu'à ses pieds nus. Il remonta jusqu'à sa bouche, attrapant ses mains, les forçant à lâcher prise. La dernière protection de sa pudeur rejoignit le sol. Elle se braqua légèrement, reprenant sa respiration, complètement nue devant lui, semblant réfléchir. Il la fixa, son front collé au sien et maintenant la pression. Il voulait lui laisser le temps de changer d'avis même s'il savait qu'il le supporterait mal à ce stade. Il était hors de question de lui ôter la possibilité de réfléchir à ce qu'ils étaient sur le point de faire. Hors de question de lui donner matière à reproches dès le lendemain. Elle ne bougea pas, ses yeux toujours plongés dans les siens. Et de la tendresse mêlée à l'envie dévorante apparut. Il relâcha les poignets lentement, s'assurant qu'elle ne bougerait plus. Elle entendit le bruit du ceinturon que l'on défait, des boutons de braguette qui cèdent. Le froissement du tissu du caleçon redescendant sous les fesses musclées attisa la chair de poule omniprésente. Il fronça les sourcils en la voyant sourire, surpris de la fausse abdication et devant le constat qu'elle menait la danse depuis le début. Elle l'encercla de ses bras et l'entraîna dans un baiser langoureux, se prélassant contre lui, allongeant son corps jusqu'à la douleur. Il se glissa brusquement entre ses jambes, dans une autre sorte de chaleur, brûlant sa tête et sa peau et faisant bouillir son sang. Elle ne put retenir ses soupirs de plaisir, réclamant plus. Le sentir aller et venir dans la partie la plus intime de son corps, sans ménagement, complètement possédé par la passion, les yeux brillants de lubricité avaient raison de tous ses questionnements. Ils n'avaient plus lieu d'être. Quel air de fierté pourraient-ils bien arborer après ce moment-là ? Elle serra les dents, tentant de nouveau de se contenir, donner le change, ne pas avouer être vaincue si vaincu il devait y avoir. Mais après un nouveau baiser enflammé, il glissa son pouce dans sa bouche, l'empêchant de le priver de ses soupirs de plaisir. Les mots salaces de Mélanie n'avaient pas un dixième de l'effet que provoquaient les suppliques de Gabrielle. Quand il se sentit sur le point de craquer, il retira son pouce, agrippa de ses deux mains les fesses de sa compagne, s'enfonçant en elle au plus profond, relâchant un râle de plaisir en se déversant dans le corps tremblant. Ses genoux menacèrent de plier, risquant de les faire tomber sur le sol recouvert de cailloux blancs et il s'agrippa tant bien que mal au support qui les portait. L'excitation à son paroxysme eut raison de la position inconfortable et des écorchures provoquées par les roses. Repus et à bout de souffle, ils se laissèrent glisser sur l'amas de tissus à leurs pieds, laissant redescendre la pression. Il nicha son visage au creux de l'épaule, humant le parfum des longs cheveux en pagaille. Un long moment s'écoula avant qu'ils ne puissent reprendre leurs souffles et, même soulagés de l'effort, ils ne prononcèrent aucun mot. Garnier ne put détacher les yeux du corps allongé à ses côtés. Sous cette lueur, nue, elle se révélait fragile, douce. Il tendit les doigts timidement pour caresser son dos, traçant des lignes imaginaires le long de sa colonne.

Un énorme bruit mit fin à ce moment et les fit sursauter. Le feu d'artifice était lancé. Sébastien n'eut pas le temps de réagir. Sa proie s'était écartée de lui et remettait hâtivement en place ses vêtements.

— Vous avez entendu ?

— Entendu quoi ? Le feu d'artifice ? demanda-t-il en constatant qu'elle s'obstinait dans le vouvoiement.

— Un hurlement.

— Un hurlement ?! s'amusa-t-il. C'est tout ce que tu as trouvé…

— Chut…

— Tout le monde est en train de faire la fête. Ils ont les voix qui portent…

Des cris de douleurs semblèrent résonner entre chaque fusée non loin de l'endroit où ils se trouvaient. Gabrielle et Garnier traversèrent la route et tentèrent de voir au travers les maisons et les vignes vallonnées. Un nuage de fumée épais apparut au loin accompagné d'une lueur étrange. Une plainte monstrueuse leur glaça le sang, amplifiée par l'écho.

— Un feu… souffla Gabrielle.

— Ça ne fait pas partie de la fête ?

— Je ne pense pas. Allez chercher la voiture !

Elle partit en courant, coupant à travers champs malgré l'accoutrement entravant ses jambes, tandis qu'il tentait de regagner la voiture garée bien loin, bousculant les fêtards inconscients de la situation. Il extirpa difficilement le véhicule, trancha la ville à une vitesse désespérément modérée. S'il savait Gabrielle habituée à ces routes étroites, ce n'était pas son cas à lui. L'ampleur du feu devint de plus en plus impressionnante au fur et à mesure qu'il approchait et, une fois sa collègue rattrapée, il saisit son téléphone pour alerter les pompiers, certain cette fois qu'il ne s'agissait pas d'une surprise de plus à la fête. Un bûcher incandescent improvisé sur un arbre au tronc visiblement frêle ornait une terre à la sortie de la petite ville. Quelques centaines de mètres n'avaient pas suffi à couvrir l'appel au secours.

— GABRIELLE !!! NON !!!

Elle était sortie précipitamment de la voiture, avait saisi le petit extincteur présent dans le coffre, pour rejoindre la victime. Mais la taille de l'appareil était désespérément ridicule par rapport au brasier à éteindre. Au milieu des crépitements, quelque chose craqua.

— Bon sang…, paniqua Garnier.

Le tronc fin et fragilisé céda sous l'assaut brûlant et rejoignit lentement le sol arrosant de flammes le reste du terrain.

— GABRIELLE !

Il courut, ébloui, se protégeant des projections, en direction de sa collègue tombée dans la précipitation. Elle sentit la pression violente sur son bras de son coéquipier la soulevant du sol et la tirant vers la route. Il la poussa dans la voiture et enclencha la marche arrière, se mettant à l'abri du monstre engloutissant le périmètre à une allure folle.

— Plus jamais tu ne me fais une connerie de ce genre !

Essoufflé et furieux, il s'obstinait à écraser le bras fragile de sa main.

— Il y avait un homme…

— … MORT !! C'était déjà plié quand on est arrivés !

Il desserra les doigts, conscient de la blesser involontairement puis tourna la tête pour reprendre son souffle et calmer ses nerfs fragilisés. Au-dessus d'eux, derrière une butte de vignes, la fête battait son plein. Les gens riaient, dansaient autour du faux bûcher jusqu'au retentissement des sirènes de pompiers, alertant de l'embrasement. Une foule de véhicules habillés de gyrophares en tous genres les encerclèrent rapidement, le commandant sortant de l'un d'eux et s'approchant de ses agents.

— Topo ?

Garnier sortit de la voiture, claquant la portière plus fort que prévu et faisant signe à Gabrielle de ne pas en bouger.

— On était à la fête quand Gabrielle a entendu des hurlements. On a vu le feu au loin et on a prévenu les pompiers.

— Et la collègue pleine de terre et de cendres sur elle…, demanda-t-il en dévisageant Gabrielle.

— Elle a tenté de sauver la victime.

Maillard balaya le périmètre des yeux. D'autres agents étaient arrivés et les pompiers déroulaient les lances.

— Elle s'est blessée ?

— Non.

— Choquée ?

— Frustrée de ne pas avoir pu faire quoi que ce soit. Blessure d'orgueil.

— Ramenez-la. Huit heures au poste demain.

Garnier se réinstalla au volant et sentit le regard obscur de Gabrielle.

— Ramenez-moi chez moi, merci.

— Il faut qu'on retrouve Sabine. Tu ne restes pas seule.

— Je ne suis plus une enfant. J'ai tenté de le sauver. Je n'ai pas réussi. Je ne me sens pas responsable. Je suis fatiguée, maintenant je veux rentrer chez moi.

Garnier ragea intérieurement de la facilité avec laquelle la soirée magique avait pu tourner au cauchemar. Le trajet jusqu'à la maison de Gabrielle se fit aussi calme que la soirée avait été bruyante et Sabine n'avait pas prononcé un mot, posé une seule question. Elle quitta la voiture en premier, allant ouvrir la porte et allumer toutes les lumières. Sébastien se tourna vers sa collègue, ne sachant quoi dire, la sentant énervée. Une marque bleuâtre commençait à apparaître sur son bras et il fut surpris de la vitesse à laquelle sa peau réagissait.

— Je suis désolé.

Il caressa l'endroit du bout des doigts. Elle opéra un demi-tour et le força à baisser sa vitre.

— Juste une chose… mon orgueil vous emmerde !

Elle tourna une dernière fois les talons et s'engouffra dans la maison sans un seul regard derrière elle.

— Caractère de cochon... souffla Garnier avant d'esquisser un sourire amusé.

Elle claqua la porte, exténuée et rejoignit Sabine la regardant avec inquiétude.

— Il y avait quelqu'un..., commença-t-elle la voix tremblante. Dans le feu où vous étiez, il y avait quelqu'un ?

Gabrielle réalisa à quel point la situation pouvait être choquante pour une personne extérieure ayant assisté à un évènement auquel personne ne devrait assister à aucun moment de sa vie.

— Oui.

— Quelqu'un de Bué ? Quelqu'un qui était à la fête ?

— Les pompiers éteignent le feu. Le périmètre va être vidé et sécurisé et... la victime ne peut pas être identifiée pour l'instant.

— Tu aurais pu finir comme lui... qu'est-ce qu'il t'a pris ?

— Il était encore vivant.

Le visage de Sabine se mit à blanchir et elle ressentit le besoin de tirer la chaise la plus proche pour laisser ses jambes finirent de céder.

— Désolée pour ta soirée... ironisa Gabrielle, tentant de détourner les pensées de son amie.

Dans un geste quasi automatique, Sabine souleva le bras avec au bout de ses doigts un minuscule bout de papier blanc.

— Le beau professeur, dit-elle avec fierté.

Gabrielle esquissa un sourire tandis que Sabine lui lançait un regard presque fier.

— Il était vraiment obligé de craquer les lacets dans ton dos... après tout le temps qu'il m'a fallu pour te les serrer !

Gabrielle souffla et rejoignit la salle de bain sans répondre à la petite vanne de l'amie qui avait deviné sans mal le déroulement de la soirée. Elle referma la porte et ôta les habits pleins de terre et de cendre pendant que le bain coulait. Son corps n'arborait pas seulement un vilain bleu sur le bras. Les traces de suçons parsemaient sa peau de toute part et des douleurs musculaires se firent sentir doucement à l'intérieur de ses cuisses. Une vague de chaleur l'envahit de nouveau. Dans la même soirée, toutes les émotions possibles l'avaient submergée. Il ne restait plus qu'à savoir comment les gérer.

Poste de gendarmerie

— Berchant... se contenta de dire Richard en raccrochant le téléphone.

— Quoi « Berchant » ? Laisse-moi deviner... c'est le propriétaire du terrain, répondit Garnier.

— Aussi oui. Mais c'est surtout lui qui était accroché à l'arbre.

Gabrielle, Julien et Garnier affichèrent de concert un air surpris.

— Et ce n'est pas tout, les collègues de Bourges ont ramassé Martial à proximité. Le môme est en état de choc et muet comme une tombe.

— Ils pensent que c'est lui… et pendant ce temps, Millériand est oublié.

— Pas tout à fait. Ils sont persuadés que Martial l'a tué et planqué quelque part pour le faire passer pour le meurtrier.

— Tu penses sérieusement que ce môme a pensé à tout ça ?!

— Le problème, c'est que ce que nous pensons n'intéresse nullement nos très chers collègues. Nous ne sommes plus sur l'affaire. Le mieux qu'il puisse arriver à ce gamin est qu'un bon avocat plaide la folie…

— Et le lien avec les autres victimes !?

Richard secoua la tête, blasé.

— Et comment se fait-il qu'ils nous donnent toutes ces informations sachant que nous ne sommes plus censés nous occuper de l'affaire ?

— Parce qu'ils veulent qu'on se charge de la perquisition chez Martial.

— Voyez-vous ça… à nous le sale boulot.

❖

Domicile de Martial

La porte grinça, mais s'ouvrit sans mal. Aucun tour de clé n'avait verrouillé l'entrée, laissant présumer de la confiance sans faille ou de la grande naïveté du propriétaire des lieux. La petite maison décorée de façon plus que rustique était d'une propreté digne d'une salle de chirurgie. Martial apparut comme quelqu'un de soigneux à outrance et à la maniaquerie poussée. Les boîtes de conserve rangées par ordre alphabétique et alignées les unes derrière les autres au centimètre près rappelaient étrangement à Garnier ses années de vie de couple avec Mélanie. Une forte odeur de javel cachait l'odeur de l'énorme bouquet de fleurs placé pile-poil au centre de la table en chêne prenant une bonne partie de la cuisine.

— Les mauvaises langues diraient que ce sont des manières de psychopathe, avança Richard.

— Alors mon ex en était une, rajouta Garnier, provoquant le sourire de Julien.

— Qui pourrait lui reprocher après des années de couple avec vous, rajouta Gabrielle dans la foulée, poussée par une sorte de solidarité féminine.

Un meuglement retentit, résonnant dans la pièce aux murs pourtant épais. Garnier fronça les sourcils et Gabrielle s'approcha l'air studieux.

— Une vache, agent Garnier. Le gros animal que vous avez aperçu dehors et qui fait du lait.

Il la toisa un moment du haut de son mètre quatre-vingt-huit et se contenta d'une moue charmeuse à la surprise de celle-ci. Un échange silencieux suffit à faire passer le message. « Écrase-moi tant que tu veux, je n'oublie pas ce qu'il s'est passé hier contre le mur de la vieille bâtisse. » Exactement le genre d'échanges qu'elle redoutait s'il devait y avoir dérapage.

Elle recula, la tête haute, et donna un léger coup de poing dans le bois de la porte voisine avant d'y passer la tête. La chambre ressemblait à s'y méprendre à celle d'Inès. Les mêmes posters la décoraient. Les mêmes livres recouvraient les étagères. Il était connu de tous que les deux adolescents partageaient la même passion et Gabrielle ne fut pas surprise de ce genre de décor. Elle remarqua comme chez Inès, l'absence d'ordinateur. La seule trace de modernisme résidait dans le petit écran de télévision posé sur un meuble ancien dans un salon d'une dizaine de mètres carrés. En dehors de la chambre, rien ne rappelait la sorcellerie dans les autres pièces et ce constat confortait Gabrielle dans la difficulté de voir Martial comme un fanatique de ces pratiques.

— Quel gosse n'a pas d'ordinateur, de nos jours, avec les réseaux sociaux ?

— Des gosses qui ont une vie sociale, se contenta-t-elle de répondre avec cynisme.

— Ça explique ton ordinateur, renvoya-t-il, taquin.

— Et c'est quelqu'un qui s'est fait muter pour rejoindre une nénette de forum qui me dit ça.

Elle souffla en relevant les yeux au ciel. Il profita de l'éloignement de Richard et Julien partis inspecter le garage.

— Il faudra qu'on parle à un moment ou à un autre de ce qu'il s'est passé hier, non ?

— Justement, je me disais qu'il n'y avait pas meilleur moment pour en parler qu'une fouille chez quelqu'un soupçonné de brûler des gens vivants…

— Tu ne réponds pas au téléphone, tu ne réponds pas aux e-mails, je fais avec les moyens que tu me donnes. Donc…

— Donc, au bal des sorciers, quelqu'un a enlevé Berchant, l'a attaché à un arbre et y a mis le feu. D'où notre présence ici. Je suis heureuse que tu poses la question.

— Tu as conscience de te comporter comme la dernière des mufles ? demanda-t-il, mimant la voix d'une fillette outrée.

— Qui a dit que les hommes devaient avoir le monopole de la muflerie ? Monsieur n'a pas l'habitude qu'on ne donne pas de suite…

— « Monsieur » n'est pas dupe sur le fait que « madame » ait la frousse d'avoir pour une fois une relation potable dans sa vie.

— C'est le moment où vous me sortez la psychologie de bazar ? Sabine a lâché deux ou trois infos ; j'ai eu la bêtise d'en rajouter, une petite inspection de ma maison et monsieur Sébastien Garnier peut prétendre me connaître mieux que moi-même ?!

— Tu es suffisamment intelligente pour savoir ce qui te fait freiner des quatre fers. Je ne peux pas travailler sur le problème à ta place.

— Je vous promets de travailler sur le problème comme vous dites et de vous tenir informé quand vous serez rentré à Paris !

— Gab ! Garnier !

Les voix de Richard et Julien interrompirent la conversation. Les deux agents rejoignirent le garage rempli de paille, de chaînes et de bidons d'essence.

— Soit il avait peur d'une pénurie soit il s'en servait pour des choses pas franchement jolies jolies, ironisa Richard devant la mine déçue de ses collègues.

Gabrielle souffla, les yeux dans le vide. Bourges fermerait l'affaire. Le rapport ne pourrait qu'incriminer Martial et la disparition de Millériand serait imputée à une simple peur de retour par rapport à ses antécédents peu flatteurs.

— On ne peut pas faire attendre les familles sur une simple intuition et à cause du simple fait que quelque chose ne tourne pas rond. Ils veulent des réponses. Peut-être avons-nous perdu du temps à chercher trop compliqué. Martial est la première personne que nous avons interrogée, la première personne proche d'Inès dont on nous a donné le nom, constata Garnier.

— Tu ne crois pas vraiment ce que tu dis, se contenta de répondre Gabrielle en rejoignant la voiture.

Elle posa ses coudes sur la carrosserie au-dessus de la portière et observa le village. Des habitants feignaient la promenade pour espionner les agissements des forces de l'ordre chez le présumé coupable. Les rideaux des fenêtres bougeaient plus ou moins discrètement et la file d'attente de la boucherie non loin de là semblait s'être immobilisée à l'extérieur de la boutique.

— Je parie que l'information est déjà sur les réseaux sociaux, marmonna-t-elle.

12

Garnier frappa à la porte de sa collègue. Gabrielle était restée quasiment muette depuis la visite chez Martial et son arrestation. Sa mauvaise expérience sur sa dernière investigation à Paris lui faisait comprendre le mal-être et la frustration qu'elle pouvait ressentir. Les pas qu'ils avaient faits en avant menaçaient d'être inutiles s'ils lui laissaient le temps d'en faire le double en arrière. Il avait laissé de côté l'idée de la recontacter par message, préférant faire front, la mettre au pied du mur. Après cinq minutes d'attente, il se trouva face à Sabine.

— Encore là ?! Je croyais que tu avais trouvé un appartement ?

— C'est exact, monsieur l'agent. Gab m'a laissé les clés le temps du déménagement. C'est fou ce qu'on peut accumuler en quelques semaines… comment as-tu pu venir ici avec seulement une valise ?!

— J'en avais laissé gros à Paris.

Elle désigna du doigt le tas impressionnant de cartons qui envahissait le salon et souffla, fatiguée d'avance de devoir de nouveau les vider bientôt.

— Loin d'ici le nouvel appart ? demanda-t-il.

— Non. Le coin me plaît et je dois rester pour vous surveiller tous les deux, expliqua-t-elle sur un ton faussement maternaliste. Et puis, qui sait ce qu'il va bientôt arriver dans ma vie ?

Elle mima une danse de joie à la manière d'une adolescente vivant ses premiers émois amoureux. Comme en réponse à ça, une sonnerie l'interpella. Elle afficha un moment de panique en réalisant que son appareil portable se trouvait à un endroit totalement inconnu sous l'amoncellement d'affaires éparpillées sur la table.

— Qui peut encore vivre sans ces petites saloperies ? constata-t-elle en déblayant précipitamment le désordre.

Le trésor retrouvé trop tard afficha la présence d'un message vocal qui laissa sa destinatrice avec une moue étrange.

— Un souci ? demanda Garnier.

— Tu as déjà eu un rendez-vous galant avec quelqu'un qui passait quatre-vingts pour cent du repas à te poser des questions sur ta meilleure pote ?

— C'est moche, sourit-il. Tu tenais vraiment à ce « gus » ?

— Oh oui ! C'était qu'un premier rencard, mais… il est mignon, classe et avec une cervelle ! C'est rare, quoi !

Garnier se mit à rire puis mima les gros yeux.

— Ça n'a rien de surprenant, il en avait après elle, comprenant qu'elle parlait de Darrencourt et de Gab.

— Et toi, tu fais quoi ce soir ?

— Ça dépend. Tu as beaucoup de choses intéressantes à me raconter sur Gabrielle ?

— Hannnnn… elle a raison. Tu es un pauvre mec, charria-t-elle en réponse à la taquinerie.

La sonnerie retentit de nouveau et elle s'engouffra dans la bibliothèque, fermant la porte derrière elle. Garnier prit place sur le canapé devant la pile d'articles de l'affaire qui continuait de grandir. Le petit journal de l'école voisine en avait rempli deux pages fournies, rappelant les dangers extérieurs et la nécessité d'être prudent. L'enseignement par la peur avec, comme héros principal, Martial, un jeune homme de leur âge, paraissant innocent, les côtoyant régulièrement. Il savait que la brigade de Bourges avait interrogé tous les jeunes qui l'avaient côtoyé de près ou de loin, les collègues de travail. Garnier repoussa deux ou trois dossiers coincés sous l'ordinateur et tomba sur la première photo volée de l'enquête ; Gabrielle et lui, les pieds dans la boue de la première parcelle de Berchant, du premier bûcher. La mise en scène était presque soignée, bien organisée. Martial était comme un enfant. Ces deux faits ne se rejoignaient à aucun moment. Mais qui ? Qui d'autre ? Pourquoi ? Une porte claqua. Sabine le rejoignit avec un large sourire, remuant son portable, triomphante.

— Il veut me revoir !

—Alors tu vois…

— Je vais lui montrer moi à ce bellâtre qui est Sabine Perigeon !

Elle remonta les manches, déterminée, ses clés de voiture et une veste légère aux couleurs criardes parsemées de pin's façon années 90 et coudes ouverts plus ou moins volontairement.

— Tu as vraiment l'intention de le charmer avec cette horreur ? taquina-t-il.

— Sors d'ici. Si Gab te voit chez elle en arrivant, elle va me tuer ! se contenta-t-elle de répondre.

Elle se retourna soudainement, réalisant ne pas avoir demandé le but de sa visite.

— Tu voulais savoir comment elle allait, je suppose, dit-elle.

Il acquiesça.

— Je crois qu'elle n'a jamais eu autant à réfléchir sur elle-même que depuis ces derniers temps… et c'est une bonne chose, rassura-t-elle en tapotant le bras de Garnier. Elle est partie faire quelques courses. Elle n'en a peut-être pas pour longtemps.

Une fois l'agent passé la porte, Sabine fit volte-face, saisit un post-it et griffonna quelques mots à l'attention de son amie pour justifier son absence. Garnier observa, amusé, Sabine partir enchantée vers quelqu'un qui tournait autour de Gabrielle depuis trop longtemps à son goût. Il reprit la direction du poste après un moment à attendre sur le palier en plein soleil. Les courses s'étaient vraisemblablement éternisées.

Supermarché de Sancerre

Frigo vide. Deux mots qui ne gênaient réellement Gabrielle que depuis qu'elle hébergeait quelqu'un chez elle. Le moment, lui, était apparemment mal choisi. Un monde phénoménal attendait devant les caisses. Les vacanciers et l'heure de pointe mélangés avaient raison de sa patience déjà fragile. Elle se voyait difficilement opérer un demi-tour avec le caddie plein et pris sur elle. Elle profita de la climatisation de la grande surface encore une bonne trentaine de minutes avant de pouvoir remplir son coffre de ses victuailles et enfin rentrer. Elle ne fut qu'à moitié surprise de l'absence de sa colocataire alors que tout son fouillis se trouvait encore au milieu de son salon.

— « Je te jure de faire mes cartons aujourd'hui », imita-t-elle, nerveusement.

Arrivée devant le réfrigérateur, le post-it attira son attention, expliquant le peu d'intérêt au débarras des fameux cartons.

« Partie chez Apollon. Ne m'attends pas. »

Un petit smiley fermait la phrase. Elle secoua la tête en souriant. Sabine… Darrencourt était assurément quelqu'un de très sage, très posé. Le couple qu'il pourrait former avec la tornade Sabine serait à la fois surprenant et, pourquoi pas, équilibré. Sa meilleure amie aurait eu le mérite, au moins une fois, de s'enticher d'un homme vraiment adulte, à même de lui garder les pieds sur terre, juste comme il le fallait.

Elle remplit les compartiments de l'appareil, soulagée que ce soit une des dernières fois. Sa tranquillité perdue reviendrait avec bonheur et, au calme, elle aurait de nouveau la possibilité de réfléchir. Elle saisit l'allume-mèche noir posé dans le petit pot à clés et laissa ses bougies fétiches embaumer de nouveau la maison. Installée dans le sofa, elle vida ses poches du ticket de caisse chiffonné et de son portable mis en veille pour avoir la paix.

« Appel en absence : 2. Sabine et Garnier. 2 messages sur votre messagerie vocale. »

« Gab, il semblerait que je tombe sur le seul moment où tu n'es pas retranchée chez toi. Je veux qu'on discute. Ne fais pas l'enfant. Rappelle-moi. »

La voix de Garnier, d'abord amusée, s'était adoucie à la fin du message. Une certaine tendresse se dégageait des derniers mots et Gabrielle ressentit un petit vent de panique. Elle se surprit elle-même à être sentimentalement plus abîmée qu'elle ne le pensait. Le peu d'hommes qu'elle avait fréquenté jusque-là ne lui avait jamais inspiré autant de stress et de remise en question. Elle expira, consciente d'aller au-devant de ce qui lui paraissait être des ennuis. Puis, elle reprit le cours de la messagerie pour écouter Sabine. Sûrement un autre message au cas où elle n'aurait pas vu celui sur le frigo... ou Sabine en panne n'importe où ? Qui pouvait savoir avec elle ? Elle se résigna finalement et appuya sur la touche du répondeur.

« Gab... il faut que tu voies ça... »

La phrase resta en suspens. L'agent s'intrigua du ton de la voix essoufflée et tremblante de Sabine. Le portable indiquait qu'elle avait reçu l'appel alors qu'elle était dans les rayons du magasin. Une bonne heure était passée et elle demanda le rappel du correspondant, en vain.

Domicile d'Emmanuel Darrencourt

La voiture de Sabine ne se trouvait pas sur place. Elle n'était sûrement pas encore arrivée. Un évènement s'était produit entre le départ de chez Gabrielle et son arrivée ici.

— Gabrielle. Quelle bonne surprise !

— Je ne vous dérange pas ? J'ai essayé de vous appeler et je suis tombée sur votre répondeur.

— J'avais oublié mon téléphone dans la voiture, sourit-il poliment. Je peux vous aider ?

— À vrai dire, je cherchais Sabine et j'ai cru qu'elle se trouvait avec vous. Elle m'a laissé un mot et je n'ai pas compris en fait. Devait-elle venir ici directement ?

— Elle m'a effectivement appelée. Je lui ai laissé un message pour qu'on se revoie et apparemment elle était pressée, s'amusa-t-il. J'avais envoyé le message depuis à peine dix minutes quand elle m'a dit qu'elle faisait deux ou trois courses et qu'elle venait ici. Je suppose qu'elle ne devrait pas tarder. Quelque chose de grave ?

— Non, je ne pense pas, c'est comment dire… c'est Sabine. Vous comprendrez avec le temps.

— Vous voulez l'attendre ici. Café ?

— Je ne bois pas de café.

— Autre chose ? Rentrez cinq minutes. Elle ne va pas dévaliser le magasin toute la soirée… enfin j'espère.

— Oh alors là, vous ne la connaissez pas encore.

Elle pénétra dans la cuisine, envahie de légumes et de robots ménagers. Il fit le tour du plan de travail pour rejoindre le frigo sans se déparer d'un regard langoureux.

— J'avais dans l'idée de préparer le repas moi-même, mais je pense, au vu du chantier, que ce n'était pas une très bonne initiative.

— C'est le geste qui compte, rassura-t-elle.

Elle ne put s'empêcher de scruter le décor dans ses moindres détails ainsi que les bouts de pièces qu'elle apercevait de la cuisine.

— Sirop ?

— Coca si vous avez, merci. Sinon, un verre d'eau fera l'affaire.

— Vous êtes toujours aussi raisonnable ?

— Vu la quantité de « jus de lézard » que j'ai avalé au bal des sorciers, je suis surprise que vous me voyiez comme quelqu'un de raisonnable. Mais je suppose que ça restait très raisonnable par rapport à la consommation du clown.

Darrencourt fronça les sourcils, surpris.

— Le clown... appuya Gabrielle. En milieu de soirée, il s'est effondré devant tout le monde... vous n'avez pas pu manquer ça, pouffa-t-elle.

Il resta muet un instant avant de rire.

— C'est indiscret, mais... Sabine est ma meilleure amie alors... votre premier rendez-vous s'est bien passé ?

— C'est votre meilleure amie et elle ne vous en a pas parlé ?

— J'étais très occupée ces jours-ci.

Tandis qu'il fouillait les placards à la recherche d'un pack de soda, elle arrêta ses yeux sur le portemanteau.

— Elle est déjà venue ici ? demanda instinctivement Gabrielle.

— C'est un vrai petit interrogatoire ça, vous ne vous reposez jamais, s'amusa-t-il.

— C'est de la curiosité, s'excusa-t-elle. Les toilettes se trouvent…

— Au bout du couloir, la porte, derrière.

— Merci.

Elle repassa devant la veste connue, maladroitement cachée sous un autre manteau accroché sur le portant et se dirigea vers le fond de la maison. Combien y avait-il de chances qu'une autre personne porte ce manteau-là, une horreur bariolée de couleurs criardes, parsemée de pin's reconnaissables, aux coudes grattés à outrance ? Sabine ayant tenté de tenir sur ses vœux patins à roulettes retrouvés dans le fond d'un de ses cartons. Et c'est tout naturellement qu'elle s'était lamentablement vautrée à peine un mètre plus loin, se réceptionnant sur les coudes protégés par le manteau au tissu désormais gratté. Pourquoi mentait Darrencourt ?

Peu de pièces apparaissaient. En dehors de la salle à manger et la cuisine à l'entrée, quatre portes se suivaient dans l'espace confiné où elle se trouvait. La salle de bain était grande ouverte à côté de la porte qu'elle était censée pousser. À l'opposé, une chambre aux lumières étranges attira son attention. Les stores baissés en pleine journée paraissaient justifiés par l'idée de se protéger le plus possible de la chaleur écrasante, mais, intriguée, elle ouvrit tout de même.

Ses yeux s'agrandirent devant l'étalage de photos et de coupures de journaux suivant pas à pas l'affaire du « chasseur de sorcières ». Inès apparaissait sur un nombre important de clichés puis son sang se glaça, quand elle se reconnut sur les suivantes.

— La curiosité est un vilain défaut, Gabrielle.

Elle n'eut pas le temps de se retourner sur la voix. Un objet heurta son crâne. Elle se sentit heurter le sol avant de perdre conscience.

Poste de Gendarmerie, Sancerre

— Ce que tu fais n'est pas tellement correct, souffla Richard.

— Voir pas du tout, rit Julien.

— Je ne savais pas que je travaillais avec des saints ! Ce mec est bizarre, se justifia Garnier.

— Parce qu'il tourne autour de deux femmes en même temps ? Non, parce que dans ce cas, il y a un paquet de gens « bizarres » à contrôler, garçon ! Qu'est-ce qui te gêne le plus ? Qu'il drague Sabine ? Qu'il drague Gabrielle ?

— Sa tête de premier de la classe, ironisa Garnier. Plus sérieusement, il est toujours fourré dans le coin et qu'on ne me sorte pas encore une fois qu'ici tout le monde se connaît, OK !? Il ne me revient pas. Je ne le sens pas. Il a un côté trop propre. C'est le genre de gars dont tout le monde sort « il était tellement sympa pourtant... ».

Richard se contenta de sourire, piqué de curiosité, et fit rouler sa chaise jusqu'au bureau de Garnier.

— J'irai me repentir dimanche prochain, va ! se justifia-t-il. J'ai envie de voir ta tête quand tu vas constater que « Mister France » a moins de contraventions que toi.

Garnier saisit le nom dans les fichiers et laissa l'ordinateur mouliner de façon interminable pour finir par afficher un casier effectivement vierge et une annotation étrange. Les deux agents soulevèrent les sourcils. Julien se glissa derrière eux.

— Changement de nom, chantonna-t-il fièrement.

— Quoi changement de nom ?

— Il a fait une demande de changement de nom auprès d'un tribunal il y a quelques années avec toute la paperasserie que ça implique auprès de toutes les institutions. Il faut d'ailleurs être sacrément motivé pour se lancer là-dedans. D'après la date effective au changement et sa date de naissance, il était déjà majeur.

— La raison n'est pas affichée bien évidemment.

— La plupart le font parce que le nom initial porte préjudice d'une façon ou d'une autre. Ce n'est pas affiché ici. C'est juste marqué que l'ancien était Dervos.

Le jeune homme fronça les sourcils en prononçant le nom et Garnier ne tarda pas à recouvrir la même expression.

— Dervos... Dervos... Dervos...

— On a compris ça et ça nous mène où ? interrogea Richard.

Garnier retourna les dossiers sur son bureau en même temps que Julien. Le seul bruit au poste fut celui des froissements de feuilles pendant dix bonnes minutes qui parurent interminables à Richard attendant toujours la réponse à sa question.

— Ça nous mène à Karine Elluard et à Damien Préard !

Richard se redressa sur sa chaise.

— Un Emmanuel Dervos apparaît sur la liste des gamins se trouvant sous la responsabilité de Préard dans l'ancienne école où il travaillait. Le gosse y a séjourné après la mort de sa mère et le procès de son père qui était soupçonné d'être responsable et de maltraiter ses gosses. Et son nom apparaît approximativement à la même date dans la liste de clients de Karine Elluard. Elle l'a défendu et innocenté.

Garnier continua de fouiller nerveusement le moindre papier lu et relu où il s'était entêté à chercher le nom de Millériand pour finir par changer le nom de la recherche sur internet pour celui de Dervos. Ses yeux s'écarquillèrent sur la liste d'articles suivant l'affaire.

— « Incendie criminel dans une petite maison tranquille » ; « Une femme sombre dans la folie et met volontairement le feu à sa maison tuant au passage sa fille de six ans » ; « Un gros propriétaire de la région suspecté d'incendie volontaire pour cacher des preuves de maltraitances » ; « Dervos innocenté et de nouveau libre, il récupère la garde du petit Emmanuel, huit ans, rescapé de l'incendie meurtrier » ; « Accident mortel : Un homme connu de la région sort de la route sous l'emprise de l'alcool... la voiture prend feu. » Tout ce temps perdu à chercher Millériand !

Il saisit son téléphone pour y chercher le numéro de Gabrielle. L'appel tomba dans le vide. La messagerie s'enclencha laissant peu de place pour de longues explications.

— Gabrielle, réponds-moi dès que tu as ce message ! C'est Darrencourt ! Le chasseur de sorcières est Darrencourt !

Domicile d'Emmanuel Darrencourt

Gabrielle rouvrit les yeux péniblement. Des douleurs se firent sentir dans chaque partie de son corps qui n'avaient rien à voir avec les restes d'une nuit plus chaude que prévu. Étalée devant elle, Sabine, la tête rouge de sang, semblait sans vie. Elle se précipita sur elle, constata que le cœur battait encore. Assenant le visage de petites gifles pour la réanimer, elle fit le tour du lieu. La cave, la dernière porte qu'elle avait aperçue. Des cartons de bouteilles de vin recouvraient une partie de mur. Une étagère vide s'étalait d'un bout à l'autre du deuxième pan, cachant une fenêtre étroite protégée de barreaux, tandis qu'un vieux congélateur s'imposait à droite de l'escalier.

— Gab…

— Sabine, il faut que tu te relèves.

— J'ai mal à la tête…

— Debout bon sang, il n'est pas là, mais il va revenir alors bouge tes fesses.

La vue du sang sur les habits de l'agent manqua de faire de nouveau tourner de l'œil à la femme aux jambes déjà tremblantes.

— Il a des photos plein sa chambre… Gab, tu y es aussi… il est cinglé.

— Tu déduis qu'il est cinglé juste parce qu'il a des photos de moi… je ne sais pas si je dois me sentir vexée.

— Tu crois franchement que c'est le moment de faire de l'humour !

Des pas se firent entendre et une clé tourna dans la serrure.

— Fais la morte. Je m'occupe de lui et tu te barres, tu m'entends !

— Je ne sors pas sans toi !

— Tu obéis ! Il faut prévenir la gendarmerie. Couche-toi !

Emmanuel descendit lentement les marches, armé d'un fusil de chasse puis stoppa net, voyant Gabrielle consciente.

— Vous m'excuserez, je suis à court de chaînes... je ne pensais plus en avoir besoin, murmura-t-il.

— Je suis censée vous excuser ?

— Vous êtes quelqu'un de censé. Vous ne tenterez rien de ridicule. Je suis désolé pour Sabine. Elle a été curieuse. Je ne pensais pas... je ne voulais pas qu'elle meure. Je suis allé trop loin maintenant. Beaucoup trop loin.

— Ça fait un moment que vous êtes allé trop loin, à mon avis. Millériand... où est Millériand ?

— Millériand ne tripotera plus de gamines, rit-il.

Il s'approcha du congélateur et l'ouvrit, libérant une vapeur froide. Sa main plongea dedans et souleva non sans peine une partie gelée du corps.

— La meilleure planque pour un corps « utile » est encore dans la maison de quelqu'un que personne ne soupçonne.

Il relâcha le cadavre sans délicatesse et referma tout simplement. Le paquet de chair congelée craqua sous le choc.

— Sabine n'aurait pas dû venir comme ça... par surprise. Gabrielle, j'aimerais vous expliquer, j'aimerais que vous compreniez.

Il ferma les yeux, prenant son souffle et serrant les doigts sur son arme. Aucun moment ne serait idéal. Aucune action ne serait prudente. Gabrielle savait l'homme sans pitié et elle pressentait qu'elles ne sortiraient jamais de cette cave si elle ne bougeait pas maintenant. Elle poussa le fusil dans un geste vif qui surprit Darrencourt et jeta violemment son coude dans son visage.

— SABINE, COURS !!! APPELLE LE POSTE !!! ordonna Gabrielle avant de se sentir plonger en arrière.

Sabine se releva en titubant et monta les marches à quatre pattes tant bien que mal. Un grondement impressionnant la fit presque tomber de surprise. Le ciel s'assombrit rapidement et une fine pluie commença à arroser le sol desséché, le rendant presque glissant. Les gouttes s'épaissirent et l'averse se transforma en déluge. Sabine trancha la haie voisine et se griffa les mains en passant au-dessus du grillage cherchant une maison ouverte et lançant des appels au secours. Elle défonça de ses poings la porte de la première maison apparemment déserte, provoquant l'activation de l'alarme. Peu importait. Il fallait alarmer de toutes les façons.

Dans la cave, Darrencourt tira violemment sur la jambe de Gabrielle, la faisant retomber lourdement sur le sol. Pris de fureur, il frappa tout ce qui se trouvait à proximité et lança des bouteilles pleines de vin sur l'agent. Elle se redressa rapidement, imbibée de l'alcool rouge, tentant de maîtriser son agresseur à mains nues. Elle repoussa l'assaillant d'un coup de pied dans le torse et se jeta au sol pour récupérer le fusil. Un poids écrasa son corps, saisit l'arme et l'appuya sur la gorge. Elle se sentit suffoquer, tirée vers le haut de l'escalier.

— Les choses auraient pu se dérouler beaucoup plus calmement, Gabrielle.

Il relâcha la pression en passant la porte de la pièce

recouverte de photos des victimes et d'elle. Un geste vif suffit à verrouiller la porte tandis qu'elle reprenait son souffle, la gorge déjà marquée par l'étranglement.

— Elle a tout gâché. Tout est fini, pleurnicha l'homme en se prenant la tête. PERSONNE ne pleurera ces gens-là, Gabrielle.

— C'étaient des êtres humains et vous les avez brûlés vivants !

— Des êtres humains !? Des êtres humains ! Ce fumier de Millériand abusait de pauvres gosses mineures et naïves pour satisfaire sa libido ! Vous-même n'avez pas plus d'estime pour ces monstres que moi ! Vous savez comment marche la justice. Ou plutôt le simulacre qu'on appelle justice !?

Gabrielle tenta l'approche la plus calme possible avec la question la plus évidente qui soit.

— Les autres… pourquoi ?

Emmanuel caressa une photo de famille usée, seul vestige de son passé. Son regard s'assombrit en croisant celui du patriarche éternellement figé sur le papier glacé. Elle devina le père, le bras posé sur sa femme, accompagnés des deux enfants.

— Il était d'une violence qu'on ne pratiquerait même pas sur les animaux. Et elle… je l'entendais pleurer. Toutes les nuits. Elle n'avait que six ans. Ce n'est pas un âge où l'on doit découvrir ce qu'est la perversion, le vice d'un gros porc censé nous servir de père. Mais… il était important. Tout le monde le savait sévère et à la main lourde, mais ça ne regardait personne. Les gens sont curieux de tout savoir… sur des potins de base, sur des conneries… mais ferment les yeux sur tout ce qui les dérange. J'ai essayé… j'ai tout essayé pour la défendre. Ma mère a tourné les yeux et buvait comme un trou pour oublier. Je l'ai dit à l'école, à ce fumier de Préard, mais je n'avais que dix ans. Il les a convaincus que j'étais un môme difficile qui ne racontait que des ragots, qui avait une imagination débordante et elle… elle l'a soutenu. Ils se devaient d'avoir une image de gens respectables. La honte ne devait pas tomber sur la famille. Il s'est calmé quelque temps, laissant les choses s'apaiser puis le naturel est revenu au galop. Ma mère a complètement sombré dans la folie, complètement imbibée. J'ai crié, tellement crié pour qu'elle ouvre la porte, qu'elle laisse sortir ma sœur. Mon père a été soupçonné puis relâché. C'était une grosse tête de la région, quelqu'un d'important… Certaines personnes ont le bras long. Les gens comme Berchant se croient tout permis.

Les mains de l'homme furent prises de tremblement, déchirant bout par bout le papier déjà fragile.

— Savez-vous ce que l'on ressent quand les flammes commencent à toucher votre peau ?

Il pleura nerveusement.

— Ils ont dit que ma sœur n'avait pas souffert. Ils ont dit qu'elle était morte asphyxiée et puis que c'était un accident… un accident.

Il partit dans un fou rire, effaçant toutes larmes et laissant place à une expression glaçante.

— Ils savaient tous ce qui se passait.

— Inès...

— Je croyais qu'on se comprenait. Je lui ai servi un de ses bourreaux sur un plateau si je puis dire, rit-il. Elle a pris peur. Je ne pouvais pas la laisser partir. Je ne voulais pas la laisser partir. Je voulais qu'elle comprenne que j'avais fait ça pour elle. On s'aimait, vous savez. Elle était... si pure, si pure. Comme vous... elle avait un idéal de justice. C'était un ange aussi. Un ange...

Il s'approcha de Gabrielle, tendant la main pour saisir une mèche de ses cheveux qui collait contre son visage humide.

— Peu de personnes protègent vraiment... et pires sont celles qui font croire qu'elles en sont capables. Il n'y a pas assez d'anges dans ce monde, Gabrielle. Trop peu d'anges pour tellement de monstres. C'est une cause perdue.

— Dans quelle catégorie vous rangez-vous maintenant, Emmanuel ? Vous avez fait plus de morts que les gens qui vous ont démolis. Il est temps d'arrêter ça, vous ne pensez pas ?

— Je suis entièrement d'accord. Il n'y a, de toute façon, plus rien de bon pour nous aussi. Plus rien à sauver.

Un bruit de briquet amorcé la fit sursauter. L'objet qu'il tenait dans sa main libre et brillant de son habillage argenté rejetait une flamme minuscule menaçant de se nourrir et de grandir grâce à tout ce qui l'entourait.

— Je comprends maintenant ce qu'elle voulait faire. Oui, je comprends. « Vous le ferez passer par le feu pour le rendre pur. » Elle le répétait. Elle le répétait sans cesse et je n'écoutais pas.

Il jeta le briquet au sol pestant de l'odeur du liquide abrasif et en quelques secondes, les flammes léchèrent les murs suivant le trajet des éclaboussures. Emmanuel observait son œuvre tel un spectateur admiratif, les yeux lumineux et la bouche ouverte comme un enfant émerveillé. Gabrielle profita de l'instant pour chercher l'air, l'ouverture lui permettant de sortir du piège de plus en plus aveuglant de fumée.

— Pourquoi avoir peur, Gabrielle ? Le Paradis n'a rien d'effrayant, bien au contraire.

Le feu attaqua les chaussures vernies de l'homme noyé dans sa folie. Gabrielle attrapa le jeté de canapé à côté d'elle pour recouvrir Emmanuel, tentant en vain de sauver ce qui lui restait de vie. Un simple réflexe. D'instinct. Mais il courut auprès du foyer et elle se retrouva vite elle-même encerclée. Darrencourt, si serein une poignée de secondes auparavant hurla de douleur, sentant sa peau subir les brûlures. Des hurlements de plus en plus stridents.

Une centaine de mètres plus loin, après son appel au poste, Sabine se rua dans la rue, constatant l'horrible spectacle. La maison de Darrencourt prenait feu de toute part avec son amie à l'intérieur. Un crissement de pneus la fit sursauter et elle reconnut immédiatement Garnier, Richard et Julien. Tandis que ce dernier s'occupa d'elle, l'enveloppant dans une couverture de survie, à l'écart de la demeure, Richard et Garnier se précipitèrent vers le foyer. Les sirènes des pompiers hurlaient de loin, annonçant l'arrivée des secours.

— GABRIELLE !!!

L'appel d'une voix puissante de Garnier traversa les murs de briques et de flammes. Gabrielle reconnut son collègue sans mal, mais ses forces l'abandonnaient et l'air se faisait rare. Elle plongea au sol, à quatre pattes, cherchant la possibilité de respirer, en vain.

— Sébastien...

Elle n'eut pas l'impression de réussir à porter le prénom suffisamment haut pour qu'il entende quelque chose. Un bruit de vitre éclatant lui parvint aux oreilles avant qu'elle ne sente son corps lâcher sous la chaleur et les poumons étouffés.

Garnier fit le tour de la maison, tentant d'atteindre la terrasse arrière. Il tira plusieurs coups de feu, brisant le verre et dégageant son passage d'un danger éventuel. Un hurlement parvint à ses oreilles, suivi de la vision de Darrencourt en flammes tombant au travers de la porte de la cave. Un bruit de toux faible l'attira vers la chambre. Il saisit le corps de sa collègue, passant son bras au-dessus de son cou avant de faire le chemin inverse, arrosé de jets puissants. Les pompiers, si souvent sollicités ces derniers temps, rejetaient l'eau salutaire sur la maison et ses évadés.

❖

Gabrielle rouvrit les yeux, éblouie instantanément par le néon au-dessus de sa tête. Une gêne dans la gorge commença par la chatouiller avant de finir en toux sévère et elle manqua de perdre de nouveau la capacité de respirer.

— Doucement, ordonna une voix à ses côtés.

Elle tourna les yeux pour s'assurer d'avoir bien reconnu son visiteur. Les coudes sur le lit, Garnier maintenait sa tête d'une main, l'air serein et fraîchement réveillé. Il semblait évident qu'il était là depuis un moment.

— Elle se réveille enfin la belle au bois dormant ?

— Pauvre mec... murmura-t-elle en souriant.

— En forme, apparemment.

— ... et lucide, vous voyez. Comment...

Avant même de finir sa question, elle remarqua les bandages autour des mains de son coéquipier et les brûlures légères qui en dépassaient.

— Les pompiers sont arrivés quelques secondes après moi, expliqua-t-il.

— Vous êtes cinglé.

— Je prendrai ça pour un merci.

Elle sourit, désolée des blessures infligées et ne sachant comment montrer sa reconnaissance sans paraître faible et en croisant le regard vert, elle comprit qu'il devinait ce qu'il se passait dans sa tête.

— Emmanuel…

— … est mort. Il l'était déjà quand les pompiers l'ont retrouvé et si par miracle, il avait tenu, les brûlures étaient beaucoup trop importantes. Il n'y avait rien à faire. Il s'était entiché d'Inès. Il pensait que leurs fêlures communes aideraient Inès à comprendre ses actes.

— Il l'a tuée.

— Il a commencé par tuer l'assistante sociale qui avait séparé Inès de sa mère. Dans son esprit perturbé, il pensait lui offrir un cadeau, mais il faut croire qu'elle n'a pas vraiment apprécié. Elle a paniqué et menacé d'aller le balancer et il l'a tuée. Je crois qu'après ça, il a sombré dans la folie et il s'est lancé dans une sorte de croisade personnelle. Karine Elluard a servi d'avocate au père d'Emmanuel et a permis de le sortir de prison alors qu'il battait son gosse et Damien Préard travaillait à l'école où il a été temporairement après la mort de sa mère et de sa sœur. Le gamin s'était confié sur ce qu'il se passait chez lui et Préard a mis ça sur le compte du choc après avoir reçu une petite enveloppe du père. Il ne portait pas ce nom-là à l'époque et c'est pour ça qu'on n'a rien vu dans les dossiers. Quant au choix des parcelles… Je ne suis pas psy, mais Emmanuel habitait Bué et connaissait Berchant de réputation. Quand on prend le temps de comparer les profils, il semblerait que le tort de ce vieux bougre ait simplement été de trop ressembler au père d'Emmanuel. Quant à Millériand, c'était une aubaine pour lui. Darrencourt a vite compris qu'avec le passif du conseiller, il serait facile de s'en servir comme assurance. Le coupable idéal. Il a plus ou moins fait ami ami avec et le reste est allé tout seul. On l'a sorti du congélateur.

— Pour le changement de nom… Comment avez-vous compris ?

— Je suis un professionnel, se vanta-t-il en gonflant le torse et redressant la tête. Ce mec-là, je l'ai suspecté dès notre première rencontre.

— La jalousie, oui ! rit Richard en pénétrant dans la pièce, accompagné de Julien et leur supérieur.

Garnier lança un regard réprobateur.

— Il voulait vérifier si son concurrent avait un casier !

— Non. Il ne faut pas les écouter, ce n'est qu'une question de flair. L'instinct c'est inné chez moi.

— Bien sûr, cela va de soi, se moqua Richard.

— Je suis convaincu que son séjour ici lui a effectivement profité, assura Gabrielle. Il l'a rendu beaucoup moins ignare. Si ! C'est un progrès, je vous assure. Il partait pourtant d'assez loin et je sais reconnaître les améliorations quand j'en vois. Je ne suis pas de mauvaise foi. Pas vrai ?

Elle se retourna sur Julien, Richard et le commandant, cherchant un appui.

— Non pas du tout c'est vrai, assura le premier.

— Pas tout le temps, toujours, renchérit le deuxième.

— Pas quand elle dort, au moins, ça s'est sûr, conclut le supérieur de l'équipe. Mais c'est plutôt une bonne chose que tu reconnaisses des qualités à Garnier.

— Parce que ?

— Ça rendra votre coopération beaucoup plus facile à l'avenir.

Elle rit nerveusement.

— Vu la distance, les coopérations risquent d'être assez rares, non ? L'enquête est terminée. Le petit oiseau va retourner dans son nid !

Richard et Julien baissèrent les yeux. Le commandant autorisa Sébastien d'un simple regard à annoncer la nouvelle à Gabrielle. Il se tourna vers elle, le sourire aux lèvres, avec fierté.

— Je me plais beaucoup ici. Alors, je vais rester un peu plus longtemps.

Si le reste de l'équipe s'éloigna, moquant gentiment le malheur de leur collègue et l'adoption définitive de leur nouvelle recrue, le sourire de Garnier s'effaça, laissant place à un regard profond et déterminé qu'elle capta immédiatement. Elle était têtue, certes, mais il l'était aussi.